Princesse
en danger

Du même auteur, dans la même collection :

Fils de sorcières

Pierre Bottero
Illustrations de Marie-Pierre Oddoux

Princesse en danger

RAGEOT

ISBN 978-2-7002-3221-9
ISSN 1951-5758

Surtout ne pas faire de bruit...

Aussi silencieux qu'une souris muette, je me rencogne dans l'obscurité rassurante de la chaloupe. Une caisse au caractère aigri par la solitude tente de me perforer les côtes mais je m'en moque. Comme je me moque de mes poignets toujours douloureux et de mes muscles tétanisés par l'épuisement.

Je me moque de tout.

De presque tout.

Je veux juste que le type qui arrive ne remarque pas les traces d'eau sur le pont.

Mes traces.

S'il les voit, il aura envie de les suivre et s'il les suit, elles le conduiront droit à la chaloupe. Il soulèvera la bâche et n'aura qu'à tendre la main pour me cueillir.

Mes chances de survie seront alors proches du zéro absolu. Surtout si c'est le fou au couteau. Tellement baraqué qu'en comparaison, Sylvester Stallone ressemble à un petit rat de l'Opéra.

Bien sûr, s'il se pointe, je peux toujours tenter de lui mordre le petit doigt en espérant qu'il attrape un tétanos foudroyant ou alors le faire mourir de rire en lui racontant les blagues de mon pote Kader, mais je ne suis pas vraiment certain que ça marche. Surtout les blagues de Kader. Bref, je préfère qu'il ne remarque pas mes traces.

Les pas se rapprochent.

Hyperzut ! C'est le maniaque au poignard !

Non, impossible ! Personne ne peut être aussi musclé. Ce type est un extraterrestre ou alors il se dope depuis la maternelle. Et moi qui croyais que les Chinois ne dépassaient pas un mètre quarante…

Je l'observe par un interstice sous la bâche, en croisant les doigts. Pourvu que…

Ouf !

Il ne jette pas un regard sur le pont mais se perd dans la contemplation du coucher de soleil. Un artiste frustré ? Cela ne me rassure pas. Une brute romantique n'en devient pas sympathique pour autant. Un tueur reste un tueur quoi qu'il...

Oh non ! King Kong vient de s'adosser à la chaloupe, histoire d'admirer dans de meilleures conditions la débauche de couleurs qui doit envahir l'horizon.

Mon abri grince mais résiste. Heureusement.

Le nez plaqué contre le bois huilé, j'essaie d'oublier que je suis un mammifère et que j'ai besoin de respirer.

Une vague de souvenirs en profite pour déferler sur ma mémoire.

Une vague de souvenirs.

Des souvenirs.

Souvenirs...

Avant...

J'ai appuyé ma tête contre la porte.

Exactement comme ce super héros capable de passer à travers les murs. Je l'ai vu dans un film. Un film génial. À la fin, le chef des mutants du Mal se barricade dans une pièce blindée et se met à ricaner, persuadé d'être hors d'atteinte. Il va faire sauter le monde. C'est du moins ce qu'il croit.

Il se trompe !

Le héros traverse les cinquante centimètres d'acier de la porte aussi facilement que j'avale une poignée de fraises Tagada. Il attrape le méchant et lui fiche une raclée phénoménale. Le genre de raclée que réserve Kader aux inconscients qui se moquent de ses oreilles décollées.

D'accord. Vous ne connaissez peut-être pas le film et encore moins Kader, pourtant vous avez compris, non ? Eh bien, j'ai fait exactement comme le personnage dont je parle… sauf que moi je suis resté dans le couloir.

J'en vois qui rigolent. À dix ans, bientôt onze, se prendre pour un super héros ? Vouloir traverser une porte super épaisse alors qu'on joue dans la catégorie poids plume, modèle moustique écrasé ? Comique. Non. Pire…

Ridicule.

Je précise donc pour les moqueurs que je ne me prends pour personne et que je n'avais aucune intention de pénétrer dans le bureau. Strictement aucune. Je souhaitais juste entendre la conversation qui s'y déroulait et, puisqu'on m'avait ordonné d'attendre à l'extérieur, le seul moyen à ma disposition exigeait que je m'écrase la figure contre ce stupide panneau de bois. Heureusement que j'étais seul parce que je devais avoir l'air particulièrement débile.

Heureusement, je possède l'ouïe d'un espion professionnel. Ils avaient beau chuchoter, j'ai réussi à capter leurs voix.

– Nous n'en pouvons plus, il nous épuise... (Ça, c'est ma tutrice.)

– Rien que cette semaine, nous avons été convoqués trois fois à l'école et une fois au commissariat ! (Ça, c'est mon tuteur et il exagère toujours.)

– Je suis au courant. (Ça, c'est Nathalie, mon assistante sociale.)

– Il passe son temps à se battre, à traîner avec les voyous du quartier... (Tutrice.)

– Il n'obéit pas, il ne craint rien ni personne ! (Tuteur.)

– Je sais. (Nathalie.)

– Et le plus triste, c'est qu'il peut être adorable quand il le veut. Il n'a pas un mauvais fond mais...

Un toussotement appuyé a interrompu mon écoute. Juste au moment où, pour une fois, j'entendais des commentaires pas trop négatifs à mon sujet... Je me suis retourné. Une bonne femme s'était installée sur une des chaises du couloir et me jetait un regard hautement désapprobateur.

J'ai affiché mon air « jemefichecomplètementdetonopinionespècedegrossevache » et je me suis assis comme si de rien n'était. Habituellement ça suffit, mais la femme devait être du genre grincheux parce qu'elle a pincé les lèvres avant de me lancer :

– Écouter aux portes est impoli !

– Parce que faire des remarques aux gens qu'on ne connaît pas c'est poli, peut-être ?

Ce n'est pas ma faute, ma langue fonctionne plus vite que mon cerveau. Mes poings aussi. Et mes jambes. En fait, je crois que mon cerveau est l'organe le plus lent que je possède, et cela m'a souvent joué des tours.

La bonne femme a pris une mine outragée et s'est plongée dans la lecture d'une revue. Je n'étais pas vraiment fier de moi mais, d'un autre côté, elle l'avait cherché. Si elle se trouvait dans la salle d'attente des services sociaux, c'est que sa vie ne devait pas plus être au top que la mienne, non ? Et quand les gens sont dans la..., ils devraient s'entraider plutôt que cracher des giclées de venin sur leurs voisins, non ?

Les minutes se sont égrenées, interminables. Dans le bureau, mes tuteurs et mon assistante sociale statuaient sur mon avenir, dans le couloir, ma voisine me jetait des coups d'œil meurtriers et, dans ma tête, c'était la panique.

Je n'avais pas envie de partir. Pas déjà. J'aurais tant voulu que…

La porte s'est ouverte.

– Tu peux entrer, Benjamin, a dit Nathalie.

Benjamin, c'est moi.

Benjamin Devitalis.

Un drôle de nom. Il sonne presque comme ceux des nobles dont parle M. Battisto pendant ses cours d'histoire.

C'est pour ça qu'il est drôle.

Je ne suis pas un noble. Je suis une racaille.

Je pars

Je suis aussi un spécialiste des déménagements.

Bien sûr, je ne suis pas le seul dans ce cas. Je connais une fille dont le père est militaire. Tous les deux ans, elle change de maison, de ville, parfois de pays, de copains, d'école… Sauf qu'elle, quand elle déménage, c'est en famille, avec un énorme camion chargé à craquer de toutes leurs affaires.

J'ai jeté mon sac dans le coffre de la voiture et j'ai ouvert la porte avant.

– Non, Benjamin, a dit Nathalie. Tu n'as pas encore onze ans.

Je ne sais pas si toutes les assistantes sociales sont aussi à cheval sur le règlement, mais la mienne ce n'est pas une marrante. La loi, c'est la loi !

J'ai failli sortir une mauvaise blague. Trop fatigué. Je me suis installé en silence à l'arrière et nous avons démarré.

Cinquante mètres et j'ai craqué. J'ai tourné la tête. Je m'étais pourtant promis de résister...

Par la vitre arrière, j'ai vu disparaître la petite résidence coincée au milieu des barres d'immeubles. J'y avais passé quatorze mois. Est-ce que mes tuteurs, ou plutôt mes anciens tuteurs, me guettaient par la fenêtre ? Depuis qu'ils avaient décidé de se passer de ma présence, trois jours plus tôt, une ambiance bizarre flottait dans l'appartement. Ils parlaient doucement, me regardaient avec un drôle d'air et, le soir, discutaient à n'en plus finir dans leur chambre. Peut-être me regretteraient-ils un peu...

Nathalie a longé l'avenue du 11-Novembre. J'ai tenté d'apercevoir Kader et les autres, mais les escaliers où nous avions l'habitude de nous retrouver étaient déserts. Normal à neuf heures du matin. M. Battisto devait être en train de les assassiner avec sa dictée du lundi. J'ai essayé de me convaincre que j'avais de la chance d'échapper au massacre, ça n'a pas marché. Les yeux me piquaient, j'avais une drôle de boule coincée au fond de la gorge. Sans doute un début de grippe. Il fallait réagir.

– Elle est moche ta voiture. Tu gagnes pas assez pour t'en acheter une neuve ?

Nathalie a poussé un soupir.

– Benjamin… Il faut vraiment que tu cesses de t'adresser aux gens de cette manière.

– Quelle manière ?

– Ta manière de parler. Tu es…

– C'est bon, j'ai compris.

Elle m'a jeté un regard méfiant dans le rétroviseur. Nathalie est mon assistante sociale depuis des années. Presque depuis le début. Je ne l'avais pas habituée à capituler aussi vite, elle n'y croyait pas. Je n'ai pas voulu la décevoir.

– N'empêche qu'elle est moche ta voiture.

Nous sommes sortis de la cité par le rond-point du 14-Juillet – on aime les dates dans le coin – et la mer est apparue devant nous. D'abord noire près des quais, puis bleue autour des navires ancrés le long de la digue et enfin argentée en filant vers le large. Une vue magnifique pour peu qu'on oublie les grues, les toits rouillés des entrepôts et les empilements de conteneurs.

L'autoroute ne se trouve qu'à quelques minutes de la cité. Nathalie s'y est engagée. Impossible de lui demander où nous allions. Elle me l'avait dit et, sans l'écouter, je lui avais répondu que je m'en fichais complètement. Plus tard, elle était revenue à la charge en insistant sur ma chance que quelqu'un veuille encore de moi, sur mes responsabilités, sur…

J'avais coupé le son.

Quitter la ville m'a fait une drôle d'impression. Il y a huit cent mille habitants à Marseille, je le sais même si je ne les ai pas comptés personnellement. Ça fait un sacré paquet, pourtant, cette fois, Nathalie avait été obligée de chercher à l'extérieur une famille qui accepte de m'accueillir…

Nous avons roulé une vingtaine de minutes avant de quitter l'autoroute. Nathalie a essayé plusieurs fois d'engager la conversation mais je n'avais aucune envie de parler et j'ai répondu par des grommellements à ses questions. Elle a fini par renoncer.

Les voitures se sont faites rares. La route est devenue étroite. Elle a sinué un moment entre des pins dont l'écorce sombre tranchait sur le blanc étincelant des barres rocheuses puis elle a basculé derrière une colline, et un village est apparu.

Pendant quelques secondes, j'ai bénéficié d'une vue panoramique à couper le souffle et il a bien fallu que je me rende à l'évidence : pas d'immeuble ! Des routes, des lotissements, une église mais pas le moindre immeuble.

J'ai trouvé ça louche…

Nathalie n'a pas émis de commentaire. Elle est susceptible parfois, et mon avis sur sa voiture devait lui être resté coincé en travers de la gorge.

Nous avons dépassé le village puis bifurqué à droite. J'avais beau la jouer blasé, ça faisait un moment que j'avais le nez collé à la vitre et que je buvais le moindre détail de ce qui allait devenir mon nouveau lieu de vie… pour quelques mois.

Il n'y avait pas grand monde sur les trottoirs et nous n'avons croisé que deux ou trois véhicules. Ça changeait de Marseille, mais ce qui m'a le plus étonné, c'est la propreté. Des fleurs sur les fenêtres, pas de tags sur les murs ou de poubelles renversées et pas une seule carcasse d'auto abandonnée. Pour les crottes de chien, j'étais trop loin pour être sûr.

Attention, je ne dis pas que Marseille soit un dépotoir. Pas tout Marseille. Avant la cité, par exemple, je vivais dans les quartiers sud, près de Mazargues, un coin plutôt réputé, mais ce village était encore plus soigné que les résidences chic que je connaissais. Plus… naturel.

J'ai essayé de trouver ça nul avant d'admettre, presque déçu, que c'était joli.

Nous nous sommes arrêtés devant une petite maison toute simple collée à d'autres petites maisons toutes simples. Un jardin minuscule et pourtant cent fois plus grand que le balcon de mes anciens tuteurs, un portail bas même pas fermé, un chat perché sur un des piliers, un rosier, une jarre…

– C'est là, a annoncé Nathalie.

Je m'en serais douté.

La troisième catégorie

– Bonjour, tu dois être Benjamin ?

La question était stupide mais la jeune femme qui l'avait posée affichait un sourire si tranquille que la répartie cinglante qui m'était montée aux lèvres est morte avant que je la prononce.

– Oui.

– Sois le bienvenu, Benjamin. Nous t'attendions avec impatience. Je m'appelle Luce.

J'ai lancé les dés dans ma tête et j'ai décidé que cette Luce me plaisait bien.

D'abord elle était jolie.

Ensuite, bizarrement, je la croyais quand elle disait qu'elle était heureuse de me voir.

Et, surtout, elle n'avait pas essayé de m'embrasser.

Nathalie, qui m'observait avec attention, a hoché la tête et pendant que Luce nous ouvrait la porte, je lui ai glissé à l'oreille :

– Elle a l'air cool…

Nouveau hochement de tête avec clin d'œil à l'appui. Nous sommes entrés et là, ça s'est gâté.

Je m'explique. Il y a deux sortes de familles d'accueil. La famille qui a eu des enfants, qui ne les a plus et qui, du coup, est libre pour récupérer les enfants des autres, et la famille qui ne peut pas avoir d'enfants et qui, faute de mieux, en trouve des déjà tout faits.

Bon, d'accord. Cette classification ne repose que sur ma modeste expérience. À dix ans, je n'ai, pour l'instant, usé que cinq familles. J'admets donc volontiers que mon découpage en deux catégories est très personnel mais il me convient et, surtout, il correspond parfaitement à ce que j'ai eu l'occasion de vivre.

Bref. Au premier coup d'œil, j'avais rangé Luce dans la deuxième catégorie.

Elle avait trente ans à tout casser, et je l'imaginais mal mère d'un fils plus grand qu'elle, parti faire des études à Paris ou à Tombouctou. Ça ne m'arrangeait pas. Les familles de la catégorie deux sont souvent pleines d'espoirs un peu fous, un peu stupides, du genre : « Ce petit Benjamin, si gentil, si mignon, sera le garçon que nous avons toujours voulu avoir… » Généralement, quand elles prennent conscience que ces espoirs ne sont que des mirages, ça finit mal.

Avec la catégorie un, au moins la situation est claire dès le départ. On sait où on est et où on va. Ça ne change toutefois pas grand-chose puisque, à la fin, ça finit mal aussi.

Bon, j'avais donc classé Luce. Elle s'est effacée pour nous laisser entrer dans le salon et là, comme je vous le disais, ça s'est gâté. Un petit garçon de cinq, six ans maximum a traversé la pièce en courant pour se jeter dans ses bras.

– Maman !

J'ai fermé les yeux en étouffant un gémissement. La troisième catégorie ! Celle qui m'avait toujours terrifié, bien que je ne l'aie encore jamais testée. Celle dont je refusais d'admettre l'existence. Jusqu'à aujourd'hui. La catégorie « catastrophe absolue ».

Nathalie a remarqué ma grimace, mais elle n'a rien dit. Luce, quant à elle, a conservé son grand sourire et s'est tournée vers moi, obligeant son fils à me regarder.

– Eliott, voici Benjamin. Il va habiter avec nous. Je t'en ai parlé, tu te souviens ? Tu lui dis bonjour ?

Eliott ! Je nageais en plein cauchemar.

Le dénommé Eliott était heureusement timide et, plutôt que de me sauter au cou comme je le craignais, ce qui m'aurait obligé à le balancer par la fenêtre, il s'est blotti contre sa mère et n'a plus bougé.

Ensuite, tout est un peu flou. Nous avons eu droit à une visite guidée de la maison, j'ai pu poser mon sac dans la chambre qui serait désormais la mienne, nous sommes passés par le jardin, Luce a offert un café à Nathalie, m'a proposé un Coca que j'ai refusé…

Je me suis réfugié à l'intérieur de ma tête où j'ai poussé un hurlement de rage désespérée. Il n'y avait jamais eu d'enfants dans les familles qui m'avaient accueilli.

Jamais.

Et, pourtant, je n'avais pas pu trouver ma place.

Jamais.

Avec un Eliott au milieu, ce n'était même pas la peine d'essayer. Je préférais repartir avec Nathalie. Accepter le foyer dont elle me menaçait quand elle était vraiment en colère.

J'ouvrais la bouche pour lui annoncer ma décision lorsqu'elle a posé sa tasse et s'est levée.

– Je vous laisse, a-t-elle déclaré. Vous savez où me joindre en cas de besoin. Benjamin, je te fais confiance…

« Je te fais confiance. » Quatre mots qui valaient tout un discours…

Sauf que je n'étais pas d'accord. Mais alors pas du tout !

Confiance ? Alors qu'elle m'abandonnait lâchement dans ce piège ?

Hors de question !

Elle est sortie avant que je réussisse à me décider entre la supplier à genoux et lui sauter dessus pour l'étrangler.

Je suis resté seul.

Avec Eliott.

Misère.

L'école

Lorsque, après avoir raccompagné Nathalie, Luce est rentrée, Eliott toujours fourré dans les bras, j'ai appris que le pauvre petit chou était malade, une rhinomachin-chose, et qu'il ne retournerait à l'école que le lendemain. Moi, en revanche, un malheur n'arrivant jamais seul, j'y avais droit l'après-midi même.

– Ta maîtresse, madame Papoloni, est au courant de ton arrivée. Elle est impatiente de te rencontrer.

– Super, ai-je réussi à murmurer. Avec un nom pareil, elle doit être canon ! C'est la petite sœur de Dracula ?

– Toi, tu n'aimes pas l'école, a deviné Luce.
– Ben…

Je m'étais fait piéger. J'allais avoir droit à un discours. Rassurant ou moralisateur, contrarié ou moqueur, mais un discours dans tous les cas. Et je déteste les discours. Presque autant que les embrassades.

Raté. Luce est restée silencieuse. Elle a juste attendu que je continue ma phrase.

En souriant.

Du coup, un peu étonné, j'ai poursuivi :

– Ben, je dirais plutôt que c'est l'école qui ne m'aime pas.

Nouvelle pause. Luce se taisait toujours et me regardait.

J'ai fait un pas. Prudent. Comme un gars qui s'apprête à marcher sur la glace et qui a peur de se casser la figure.

– C'est difficile de travailler. Parfois j'essaie, mais personne ne s'en aperçoit, alors j'arrête.

Je me suis tu parce que j'en avais déjà beaucoup dit à Luce. Plus qu'à la plupart des gens que je connaissais. Alors qu'elle n'était entrée dans ma vie qu'une demi-heure plus tôt.

« Méfie-toi, mon vieux Ben, a soufflé une voix en moi. N'oublie pas que tu te trouves dans une famille de catégorie trois ! »

– Voilà, ai-je achevé. C'est tout.

Si elle avait été magicienne, Luce n'aurait pas réagi autrement. Elle a posé Eliott à terre et s'est frotté les mains.

– Pâtes carbonara à midi, ça vous tente, les garçons ?

Eliott a poussé un cri de joie et moi, j'ai commencé à me sentir bien.

L'école du village n'avait rien à voir avec celles que j'avais fréquentées à Marseille.

Rien du tout.

Les bâtiments étaient anciens, construits sur un seul niveau, en pierre, une frise géante était peinte sur les murs du préau et surtout, la cour était géniale. Elle était ombragée par des platanes immenses, et si vaste qu'un terrain de foot y avait été tracé.

Pas réglementaire le terrain, d'accord, mais un terrain quand même qui devait permettre de sacrés beaux matchs. Des élèves étaient d'ailleurs en train d'en disputer un. Un match comme j'en avais joué des centaines, avec autant d'équipes différentes que de joueurs. Normal. Le foot à la récré, c'est chacun sa peau !

Comme dans toutes les écoles du monde, les grands tapaient dans le ballon pendant que les petits regardaient.

Normal, ça aussi, même si, avec ma taille de microbe, j'allais avoir du mal à récupérer ma place d'attaquant. J'avais eu un problème identique à Marseille et j'avais été obligé de distribuer quelques baffes pour...

– Benjamin...

Je me suis arraché à la contemplation du match pour tourner la tête vers Luce.

– Benjamin, a-t-elle repris, voici madame Papoloni, la directrice de l'école et également ta maîtresse.

Une femme d'au moins quarante ans me regardait. Grande, mince, les cheveux tirés et des lunettes cerclées de métal perchées au bout de son nez pointu, elle ne donnait pas l'impression d'être une rigolote.

– Bonjour, Benjamin. J'espère que tu te plairas parmi nous.

– J'espère aussi…

Je ne devais pas avoir mis le ton qu'il fallait parce que Mme Papoloni m'a lancé un drôle de regard. Le regard d'une maîtresse à qui on ne la fait pas.

Le sourire angélique que je lui ai adressé n'a rien changé à l'affaire. J'allais devoir me méfier.

Luce avait laissé Eliott dans la voiture et ne pouvait donc pas s'attarder. Elle m'a souhaité un bon après-midi et a promis de m'attendre à la sortie, avant de repartir en courant vers le parking.

J'ai jeté un coup d'œil sur le terrain de foot mais la sonnerie a retenti et les joueurs se sont égaillés. J'ai traversé la cour avec Mme Papoloni en direction du rang qui venait de se former près du préau.

– Les enfants, je vous présente Benjamin. Il est nouveau dans notre école et je compte sur vous pour l'accueillir gentiment.

Vingt-huit paires d'yeux se sont tournées dans ma direction. J'ai beau ne pas être timide, j'ai été content lorsque, sur un signal de la maîtresse, nous sommes entrés en classe.

Le monde à l'envers

La première moitié de l'après-midi s'est déroulée sans problème. J'avais décidé de faire des efforts et j'ai suivi avec application la leçon d'histoire puis celle de grammaire. À ma grande surprise, cela ne m'a pas été trop difficile. En grammaire, j'ai même levé le doigt pour donner une réponse et vous savez quoi ?

Elle était juste !

Mme Papoloni expliquait bien et, comble du comble, je n'étais pas le seul à me montrer attentif. Un sacré changement ! Alors que, dans mon ancienne école, M. Battisto était obligé de faire régner la terreur pour obtenir un semblant de silence, Mme Papoloni ne nous a pas menacés une seule fois et elle n'a même pas élevé la voix. Elle n'aurait sans doute pas hésité à dégainer ses armes de punition massive si cela avait été nécessaire mais tout le monde suivait.

Enfin, presque tout le monde.

Installés au fond, près de l'armoire, quatre garçons ne fichaient pas grand-chose. Bien sûr, à côté de Kader ou de Kévin, ils auraient fait figure d'anges, pourtant dans cette classe ils choquaient. Surtout le plus grand d'entre eux. Dylan. Je l'avais repéré, un peu plus tôt, sur le terrain de foot et j'avais immédiatement compris que dans la cour il tenait le rôle du caïd. Là, il se faisait moins remarquer, mais il se débrouillait pour frimer et les quatre ou cinq élèves assis autour de lui le regardaient avec admiration.

Lorsque nous sommes sortis en récré, c'est évidemment vers lui que je me suis dirigé. Il était en train de composer les équipes sans que personne ait son mot à dire.

– Je peux jouer ?

Il m'a jaugé un instant avant de cracher sa réponse.

– Dégage, minus !

Mon cœur s'est mis à battre de grands coups dans ma poitrine. Je ne suis pas grand, je reconnais même que je suis petit, mais je déteste qu'on me le fasse remarquer. Ça a tendance à me faire perdre mon calme et le peu d'éducation que je possède.

– Toi, le gros lard, tu me parles mieux, d'accord ?

Dylan n'était pas vraiment un gros lard. Il était plutôt du genre grand, costaud et méchant. Il s'est planté devant moi, les poings serrés.

– Qu'est-ce que tu as dit ?

Hyper-zut ! À peine plus d'une heure de classe et déjà une bagarre sur les bras. Je m'étais pourtant promis de me méfier, mais j'attire les problèmes comme les fleurs attirent les papillons. Je dois être victime d'une malédiction, je ne vois pas d'autre explication.

Enfin, puisque le mal était fait…

J'ai décidé de lui sauter directement à la gorge et de viser les yeux. Ou les oreilles s'il tournait la tête. Les tas de muscles comptent sur leur physique pour impressionner leurs adversaires, et n'ont finalement pas souvent besoin de se battre vraiment. Ils ne s'attendent donc pas à ce qu'un petit format comme moi se jette sur eux. Dylan allait avoir la surprise de sa vie.

– Alors ? Qu'est-ce que tu as dit ?

Je me suis ramassé. J'ai...

Les copains de Dylan se sont groupés autour de lui, présentant un front uni qui ne m'a laissé aucun doute. Si j'attaquais l'un d'entre eux, les autres me massacreraient. J'ai fait un pas en arrière.

– T'as raison, a ricané Dylan, il vaut mieux que tu te casses. Minus !

J'ai serré les dents et réussi à me contenir. Cet épouvantail ne perdait rien pour attendre. J'ai tourné les talons pour aller m'asseoir sur un banc de l'autre côté de la cour.

Cette école était nulle. Ce village était nul. Ces gars étaient nuls. Si Kader avait été avec moi, et Kévin et Bouma et les autres, ils n'auraient pas fait les marioles. On leur aurait planté une dérouillée qui les...

– Il ne faut pas t'inquiéter, tu sais. Dylan est une brute sans aucun intérêt.

Un garçon de la classe, Valentin, s'était approché de moi et m'observait avec sympathie. Lui aussi, je l'avais repéré. Assis au premier rang, il avait levé le doigt à chacune des questions de Mme Papoloni et je n'avais pas compris la moitié de ce qu'il disait, tellement ses réponses étaient parfaites. Pas le genre de garçon que j'avais l'habitude de fréquenter. Il n'a pas paru remarquer ma surprise et a continué :

– Dylan et sa bande sont des voyous, mais il y a des tas d'autres élèves qui ne leur ressemblent pas. Tu peux compter sur nous.

J'ai été obligé de me pincer pour m'assurer que je ne rêvais pas. Les voyous jouaient au foot à un bout de la cour et moi, à l'autre bout, je discutais avec le premier de la classe.

Le monde à l'envers.

Misère de misère.

Vous avez dit VTT ?

Valentin a tenu parole.

Lorsque, à la sonnerie, nous nous sommes mis en rang, j'ai été encerclé par un groupe de garçons et de filles qui ont rivalisé de gentillesse à mon égard. J'avais beau trouver bizarre leur façon de parler sans prononcer un seul gros mot, leur compagnie était plutôt agréable.

La boule de rage coincée dans ma gorge n'a pas tardé à se dissiper. J'ai même réussi à ignorer les regards moqueurs de Dylan et de sa bande. Du coup, en classe, j'ai continué à écouter et à participer. Je ne me reconnaissais plus.

À quatre heures et demie, alors que nous nous apprêtions à quitter l'école, Mme Papoloni s'est approchée de moi.

– Ce premier après-midi s'est bien passé, non ? Je suis certaine que nous allons nous entendre, Benjamin. Tu sembles être un élève sérieux et intelligent.

J'ai bafouillé un vague merci et j'ai foncé vers la sortie.

Sérieux et intelligent !

Pourvu que Kader n'entende jamais parler de ça...

Dans la voiture, Luce m'a posé des tas de questions et j'ai répondu de mon mieux. Je ne me suis pas étendu sur ma mésaventure avec Dylan, mais elle a lu entre mes mots.

– Dylan est un imbécile prétentieux, a-t-elle tranché sur un ton sévère que je ne lui connaissais pas. Tu vaux dix fois mieux que lui.

Qu'avaient-ils tous à me prendre pour ce que je n'étais pas ? D'abord Valentin, puis ses copains, la directrice et maintenant Luce.

Encore que…

Non, ce n'était pas tout à fait pareil.

Si les attentions des bons élèves de la classe m'avaient mis mal à l'aise, la dernière phrase de Luce était finalement assez géniale. Je me la suis répétée en boucle et en silence alors que nous roulions vers la maison, à tel point que Luce a dû élever la voix pour me tirer de ma rêverie.

– Allô, Benjamin, tu dors ? a-t-elle rigolé.

– Euh… non. Je… je pensais à un truc.

– Et moi, je te racontais que Marc est si pressé de te voir qu'il est rentré plus tôt du boulot. On peut dire qu'il t'attend avec impatience.

– Qui ? Moi ?

Luce a éclaté de rire devant mon air ébahi.

– Bien sûr. Tu ne t'en rends peut-être pas compte, mais cela fait un moment qu'on t'espère.

Non, je ne m'en rendais pas compte et, pour être honnête, je ne comprenais pas vraiment les paroles de Luce.

Même pas du tout.

Mais je n'avais pas envie de le lui avouer. Pas envie de lui faire de la peine. Ouh là là, que m'arrivait-il ?

Marc est le mari de Luce. Il travaille comme géomètre dans une société qui réalise des routes. Je ne vois pas trop le rapport : en géométrie, on se sert d'une équerre et d'un compas, pas d'un bulldozer, mais je m'en moque un peu, beaucoup, complètement !

Lorsque nous sommes arrivés, le Marc en question a jailli de la maison, Eliott cramponné à sa jambe.

– Benjamin ! s'est-il exclamé. Enfin !

Encore un fou. Il devait y avoir un virus dans ce village qui faisait que les gens étaient accueillants ou alors c'était une maladie génétique.

Je me suis toutefois vite aperçu que si Luce et Marc étaient tous les deux ravis de me rencontrer, leur ressemblance s'arrêtait là. Je n'avais côtoyé Luce que pendant le repas et les courts trajets pour l'école, mais il n'en fallait pas davantage pour s'apercevoir qu'elle débordait de douceur et d'intuition.

Marc, lui, possédait une énergie sidérante. Et si Luce était médaille d'or pour faire parler les autres, Marc était un incorrigible bavard.

En dix minutes, il m'a atomisé à coup de questions, commentaires, opinions et autres remarques, tous plus enthousiastes les uns que les autres, mais épuisants. D'autant plus épuisants qu'il ne me laissait pas le temps ni même la possibilité de répondre. Luce a fini par lui poser la main sur l'épaule.

– Tais-toi un peu, l'a-t-elle gentiment grondé. Benjamin a droit au calme pendant qu'il goûte.

– Tu as raison, a répondu Marc. Mange, Benjamin. Il faut que tu prennes des forces pour notre balade à VTT.

Une balade ? Quelle balade ? De quoi parlait-il ?

Luce a levé les yeux au ciel puis a entrepris de m'expliquer.

– Marc est accro au VTT. Il passe plus de temps sur sa selle qu'à la maison. Tel que tu le vois, il t'a trouvé un vélo, un casque, des gants et ne rêve que d'une chose : t'emmener faire le zouave avec lui dans les collines.

– Je...

– Une balade facile pour commencer, est intervenu Marc pas du tout froissé par la tirade de sa femme. Le sentier des Costes permet d'avoir une vue superbe sur la mer et ne grimpe pas trop. En plus, il n'est pas long. Moins de quinze kilomètres.

– Marc ! Benjamin vient d'arriver. Il ne connaît pas encore la maison, il ne nous connaît même pas nous. Lui as-tu seulement demandé s'il avait envie de faire du vélo ?

Marc a balayé l'objection d'un revers de main.

– Une bonne balade à VTT est le meilleur moyen de faire connaissance. N'est-ce pas Benjamin ?

Je l'ai regardé, atterré. Je n'avais aucune envie de faire du vélo et encore moins de me farcir quinze bornes avec un type qui n'arrêtait pas de parler. Luce a décodé sans mal mon expression.

– Je crois plus sage que vous reportiez votre promenade, a-t-elle dit. Benjamin a certainement envie de se reposer.

J'ai ouvert la bouche pour confirmer mais Eliott m'a pris de vitesse.

– Comme ça, on pourra jouer aux Playmobil tous les deux.

Catastrophe !

Je suis descendu tout au fond de moi chercher un courage que j'ignorais posséder et j'ai adressé un grand sourire à Marc.

– C'est d'accord pour le VTT.

En un mot

Génial !

Le sentier des Costes

Bon, je reviens sur cette première balade à VTT pour ceux qui, manquant d'imagination, ne se contentent pas d'un mot.

À peine en selle, Marc s'est métamorphosé. En fait, la transformation a eu lieu lorsqu'il m'a tendu le vélo qu'il avait préparé pour moi. En quelques mots précis, il m'a expliqué l'essentiel, sans s'étendre, sans bavarder, avec une telle clarté que j'ai eu tout à coup l'impression d'avoir passé ma vie sur un VTT. Nous nous sommes mis en route.

À une centaine de mètres de la maison, un chemin de terre filait vers les collines. Nous l'avons emprunté.

Les rares fois où j'avais roulé à bicyclette, c'était sur de vieux engins déglingués dont les différentes parties ne tenaient ensemble que par miracle et avec un peu de fil de fer. Rien à voir avec mon nouveau VTT. D'abord il était beau, bleu métallisé avec de chouettes motifs noirs, ensuite il était si bien réglé qu'il ne faisait pas le moindre bruit et, pour finir, il était super léger et juste à ma taille. Du coup, j'avais l'impression qu'il avançait tout seul. Marc m'a jeté un coup d'œil approbateur avant de me prévenir :

– Il y a un raidillon sauvage qui nous attend après le virage. Prends-le tranquillement sinon tu vas exploser et tu n'arriveras pas en haut, d'accord ?

J'ai hoché la tête, je me suis calé sur ma selle et nous avons attaqué la montée, une série de lacets escarpés menant à la crête. Une côte de ce genre, je l'ai vite découvert, c'est comme une bagarre : quand il faut y aller, faut y aller.

J'y suis allé.

Je ne suis pas grand, je ne pèse pas lourd, mais j'ai du tonus et, dixit M. Battisto, je suis né avec un moteur diesel à la place du cœur.

Lorsque j'ai atteint le sommet, essoufflé mais pas épuisé, j'ai compris que j'avais gagné la bagarre et une vague de fierté a déferlé sur moi.

Marc m'avait suivi depuis le début, d'abord en m'encourageant, puis avec de petits cris ravis. En arrivant en haut, il a sauté de son vélo avec un hurlement de joie qui a failli me faire tomber du mien.

– Waouh ! Benjamin, parole d'honneur, tu as de la dynamite dans les jambes !

– Euh... tu crois ?

– Si je crois ? Cette côte en a déjà séché pas mal, et des plus costauds que toi. Tu l'as grimpée comme un chef. Une véritable graine de champion !

Il en faisait peut-être un peu trop, mais c'était sacrément agréable à entendre.

– Tu te sens d'attaque pour la suite ? a-t-il poursuivi.

– Je crois, oui. Ça monte encore ?

– Non, du moins pas autant.

Nous sommes repartis, pédalant de front, Marc avec un immense sourire un peu niais au milieu de la figure et moi avec... le même.

Le sentier des Costes a serpenté un long moment dans une pinède avant de se remettre à monter. J'avais parfaitement récupéré et Marc n'a même pas eu besoin de ralentir. Son sourire s'est encore élargi. Une série de bosses, un chêne immense et isolé au milieu des pins puis, sur notre droite, une haie touffue que Marc a désignée du doigt.

– Il y a une vieille bâtisse, là-bas. Une maison superbe avec un parc immense.

– Ici ? Au milieu des collines ?

– Oui, mais ceux qui vivent là ne font pas les trajets à VTT, ils utilisent la route qui passe par-derrière.

– Ils doivent aimer la solitude.

– C'est le moins qu'on puisse dire. La maison a été vendue il y a presque six mois et personne au village n'a encore vu les nouveaux propriétaires.

Tout en parlant nous pédalions et, très vite, le grand chêne n'a plus été visible.

Nous avons à nouveau grimpé une côte. Je me suis rendu compte à son regard que Marc me testait et j'ai mis un point d'honneur à ne pas faiblir. Je commençais toutefois à fatiguer et mes jambes étaient près de demander grâce lorsqu'une bourrasque fraîche m'a fouetté le visage. Nous venions d'arriver au sommet de la dernière colline et, devant nous, il n'y avait plus que du bleu. Du bleu à perte de vue.

Le ciel et la mer.

Je me suis arrêté net. Jamais je n'avais admiré un tel spectacle.

– Alors ? m'a demandé Marc au bout d'un long moment. Ça ne valait pas quelques coups de pédales ?

Je n'ai rien trouvé à répondre.

Sur notre gauche, la côte décrivait une large courbe, s'aplanissant lentement jusqu'à ce que les falaises deviennent des plages. Une ville immense s'enroulait à l'extrémité de la courbe, surplombée par un rocher dont, même de si loin, j'apercevais l'éclat doré à son sommet.

Marseille.

J'ai poussé un sifflement incrédule.

– C'est drôle, me suis-je entendu dire, c'est à la fois tout près et à l'autre bout du monde.

– L'autre bout du monde me convient bien, a répondu Marc avant de poursuivre. Roulons, sinon tu vas attraper froid.

Le sentier des Costes descendait en pente douce entre les cades et les cistes, nous imposant de multiples détours comme s'il retardait le moment où il n'aurait d'autre choix que plonger dans la mer. Nous sommes finalement arrivés au bord de la falaise et nous avons mis pied à terre pour nous approcher du vide. Nous surplombions la surface d'une dizaine de mètres et la vision des vagues s'écrasant contre les rochers en contrebas était effrayante.

– En prenant un bon élan, je suis sûr qu'on doit atteindre l'eau, au-delà des écueils.

Il m'a fallu quelques secondes pour comprendre que Marc plaisantait. Il a tendu le bras vers la gauche.

– Il y a une piste là-bas qui conduit à la crique que tu aperçois. Je t'y emmènerai un jour mais, pour l'instant, on a intérêt à rentrer en vitesse à la maison sinon Luce va nous couper en morceaux.

Le retour a été encore plus grisant que l'aller. Marc me demandait sans cesse de ralentir, mais je voyais qu'il avait du mal à se contenir. Si je n'avais pas été là, je suis sûr qu'il serait descendu à fond, sans se préoccuper de savoir s'il n'allait pas se rompre le cou. À un moment, il m'a montré comment sauter une bosse et j'ai bien cru qu'il s'envolait.

Nous sommes arrivés couverts de poussière et, pour ma part, complètement épuisé.

Luce a fait semblant d'être fâchée de notre retard, mais ses yeux brillaient et la traitaient de menteuse.

Je ne les connaissais que depuis une demi-journée.

Je ne m'étais jamais senti aussi bien.

La mort du teigneux

La nuit porte conseil et permet de prendre conscience des erreurs commises pendant la journée. C'est bien connu.

Le lendemain, en me réveillant, tout était clair dans ma tête.

J'avais baissé ma garde, oublié qui j'étais, où je me trouvais, et si je ne rectifiais pas le tir, j'allais me faire ratatiner le moral. Un accueil génial, des sourires, Luce une magicienne, Marc un sorcier du VTT, et puis quoi encore ?

Atterris, mon vieux Ben, tu es dans la vraie vie, pas dans un film !

C'est donc plein d'excellentes résolutions que j'ai gagné la cuisine et le petit déjeuner. J'ai commencé par affirmer que les céréales avaient un goût de moisi qui donnait envie de vomir, puis que le jus d'orange devait être périmé puisqu'il était jaune et pas orange.

Eliott m'a dévisagé avec un regard stupéfait qui m'a fait chaud au cœur. J'étais en train de peaufiner ma prochaine tirade lorsque Luce s'est approchée. Elle m'a ébouriffé les cheveux avant de m'embrasser.

– Tu me fais penser à mon frère, m'a-t-elle lancé. Lui aussi était toujours de mauvaise humeur en se levant. Allez, avale tes céréales moisies et ton jus d'orange périmé puis file te brosser les dents, espèce de ronchon.

Il y avait tant d'affection dans sa voix et dans ses yeux que j'ai capitulé. Je vivais peut-être un rêve après tout...

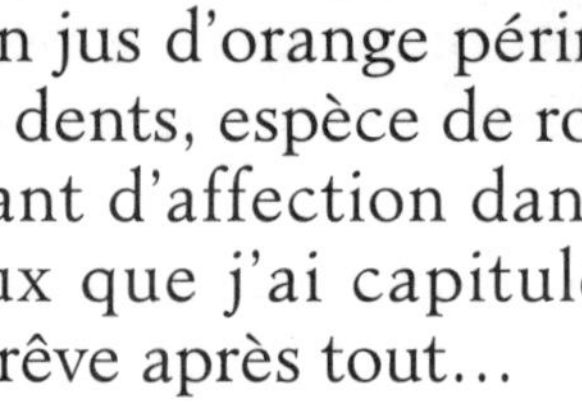

J'ai fait une dernière tentative, deux jours plus tard, en exigeant haut et fort de regarder un film à la télé alors que j'avais classe le lendemain.

Marc et Luce sont restés inflexibles, sans pour autant se mettre en colère. Ils ont pris le temps de m'expliquer ce que je savais déjà, à savoir que j'avais besoin de sommeil, m'ont promis que nous irions ensemble au cinéma et m'ont envoyé fermement au lit.

Plus tard, Luce est venue m'embrasser. Son sourire était comme une lumière dans l'obscurité de ma chambre, et je me suis senti ridicule avec mon caprice de gros nul.

J'ai soupiré puis, paisiblement, j'ai laissé le teigneux mourir en moi.

Rencontre

Une période magique a alors commencé.

Luce était géniale, elle comprenait sans qu'on ait besoin de lui parler et trouvait toujours l'attitude pile-poil juste. C'était la magicienne de la famille.

Marc était super. Un mélange de grand frère, sorcier, héros qui me donnait envie de lui ressembler. Chaque jour un peu plus.

Et à l'école, c'était carrément le miracle. Un miracle dont j'étais le seul à avoir conscience et qui n'en était que plus incroyable. Je travaillais, je comprenais, j'avais de super résultats et tout le monde trouvait ça normal.

Kader s'en serait évanoui d'émotion avant de se réveiller pour me ficher une trempe !

Mes nouveaux copains, Valentin, Romain, Lucille, Anthony, n'avaient strictement rien à voir avec ceux que j'avais toujours côtoyés mais ils me plaisaient et, s'ils n'avaient aucun talent pour les bêtises ou les gros mots, je m'amusais bien avec eux. Dylan et sa bande me fichaient la paix. Le rêve !

Mon seul souci était Eliott. Il avait tenté de m'apprivoiser, je l'avais envoyé promener et depuis, entre nous, c'était le froid, type Sibérie du Nord en plein hiver.

Du moins de mon côté.

Luce s'en était sûrement aperçue, pourtant elle n'avait encore rien dit. Elle se contentait de plaisanter quand son fils se plaignait de mon manque de gentillesse, sans jamais me faire le moindre reproche.

Eliott était au CP. Nous faisions les trajets à pied ensemble sans nous adresser la parole, lui me jetant des coups d'œil tristes comme autant d'appels à la réconciliation, moi l'ignorant avec ostentation. L'essentiel était qu'il garde ses distances.

Trois semaines, jour pour jour, après mon installation, Nathalie est passée pour prendre de mes nouvelles. Autant vous dire qu'elle a été surprise. Elle a écarquillé les yeux tandis que Luce lui dressait un tableau plus que flatteur de ma personne, achevant son exposé par un simple :

– Benjamin est un garçon merveilleux.

Planqué derrière la porte de la cuisine, j'avais suivi toute la conversation. Cette dernière phrase m'a fait frissonner et, bizarrement, m'a donné comme une envie de pleurer. Stupide, non ?

Je n'aime pas quand mon ventre se serre à cause d'un trop-plein d'émotion. Je me suis donc retiré sur la pointe des pieds, je suis sorti et j'ai empoigné mon VTT. J'avais négocié l'autorisation de me balader seul et j'avais obtenu le droit d'emprunter le sentier des Costes. « Jusqu'au grand chêne, Benjamin. Pas plus haut. Promis ? » J'avais promis et, depuis, tous les jours ou presque je m'entraînais.

Je voulais devenir le champion que Marc croyait voir en moi.

Il m'a fallu dix minutes pour atteindre le grand chêne. Pas une de plus. Et je n'étais même pas essoufflé.

Il était encore tôt, Nathalie était là pour un moment, Luce allait certainement lui offrir un café, elles allaient discuter... J'ai jeté un œil sur la série de bosses qui avaient transformé Marc en oiseau.

Luce n'était pas du genre à chicaner pour une dizaine de mètres et grimper encore un peu ne constituait pas une trahison. Pas vraiment... Je me suis remis en selle et j'ai repris le sentier. J'aurais volontiers poussé jusqu'à la falaise ou alors jusqu'à la crique que Marc m'avait montrée mais là, j'aurais été malhonnête et je n'avais pas envie de tout gâcher. À l'endroit où le chemin tourne brusquement à gauche, j'ai fait demi-tour.

Je me suis placé en position de descente, debout sur les pédales, bras tendus, fesses derrière la selle, et j'ai tout lâché.

En trois secondes j'ai atteint une vitesse impressionnante. Une vitesse que je n'avais jamais approchée, un peu excessive, un peu... effrayante. J'ai posé les doigts sur les freins. Trop tard.

La première bosse était là.

J'ai parfaitement négocié mon saut. Après une superbe envolée, ma roue arrière a touché le sol juste avant ma roue avant, mes cuisses ont amorti l'impact, ma trajectoire n'a pas dévié d'un centimètre. J'ai ouvert la bouche pour hurler de joie...

Comme Marc!

J'étais un champion!

J'étais un oiseau!

Un oiseau?

La deuxième bosse m'a transformé en bouse de vache.

Avant que je comprenne ce qui se passait, mon vélo est parti d'un côté, moi de l'autre. Un vol plané, digne d'un pingouin ivre mort, et avec une secousse qui m'a fait vibrer les dents du fond et ratatiné le cerveau, je me suis étalé au pied du grand chêne, le nez dans la poussière, les bras en croix.

Une bouse de vache.

Ma première pensée a été du soulagement. J'étais en vie.

Ma deuxième, que j'étais en vie mais certainement en plusieurs morceaux.

Mon casque était à moitié arraché. J'avais mal partout, des orteils jusqu'au bout des cheveux. Mon pantalon était déchiré, mes coudes saignaient. J'avais de la terre dans la bouche, dans le nez et même dans les oreilles. Ça ne les empêchait d'ailleurs pas de tinter. Un drôle de tintement qui ressemblait à un rire.

Non, ça ne ressemblait pas à un rire, c'était un rire !

Je me suis assis en gémissant – je devais désormais détenir le record du monde du nombre d'os en miettes – et j'ai regardé autour de moi. Mon VTT décorait le sommet d'un cade...

A priori, de nous deux c'était lui qui avait le moins souffert mais cela ne m'a réconforté qu'à moitié. Le rire a de nouveau retenti et, avant que j'aie pu en localiser l'origine, une voix s'est élevée.

Une voix de fille.

Moqueuse.

– Toi alors, dans un cirque tu ferais un sacré numéro de clown !

Shi-Meï

Recette magique pour effacer en quatrième vitesse les séquelles d'une terrifiante chute de vélo :

1 - Choisir un pauvre type qui s'imagine déjà sur la plus haute marche du podium aux Jeux olympiques alors qu'il fait du VTT depuis trois semaines à peine. Moi.

2 - Lui faire prendre un gadin monstrueux avec atterrissage sur le coin de la figure. C'est fait.

3 - Le laisser croire qu'il agonise. Facile.

4 - Alors qu'il hésite entre pleurer et hurler à la mort, faire rigoler une fille. Si possible lui faire prononcer quelques mots assassins.

Le type se relève.
S'époussette.
Fait semblant que tout va bien.
Ça ne rate jamais.
J'étais debout avant que la fille qui venait de se moquer de moi ait achevé sa phrase. J'ai détaché nonchalamment mon casque et me suis brossé le haut du corps du revers de la main. Une quantité incroyable de terre, graviers, brindilles, est tombée au sol.
Je m'en fichais.
J'étais hypnotisé.
Elle se tenait à trois mètres de moi, appuyée au tronc d'un arbousier noueux, vêtue d'une tunique de coton bleu marine et d'un pantalon large assorti. Ses longs cheveux noirs tombaient droit sur ses épaules, encadrant un visage fin à la peau dorée. Elle était petite. Encore plus que moi. Et elle était… elle était…
Waouh qu'elle était belle !
Je crois vous avoir avoué que mon cerveau manque souvent de vitamines, c'est à se demander parfois s'il n'est pas complètement atrophié. Heureusement, dans certaines situations cruciales, il se réveille soudain et

me permet de me montrer à mon avantage, voire d'être génial. Je me suis fendu d'un sourire ravageur et j'ai lancé finement :

– Euh... Ben... c'est pas ce que tu crois...

La fille m'a regardé avec des étoiles dans les yeux.

– Je n'en doute pas.

– Tu vois, euh, je m'entraîne pour une compétition hyper importante et... euh...

– Et il faut que tu apprennes à tomber.

– Oui, c'est ça. C'est sauvage une compétition de VTT. Y a souvent des morts, c'est un peu comme dans la jungle, alors je...

– Je m'appelle Shi-Meï. Et toi ?

Sa voix était douce avec une trace d'accent qui aurait été imperceptible sans les indices qu'offraient sa peau dorée et ses yeux noirs qui s'étiraient à n'en plus finir.

– Moi ? Euh... Benjamin.

– Bien. Puisque nous avons fait connaissance, Benjamin, je propose que tu t'assoies et que tu utilises mon mouchoir pour éviter que ton corps d'homme de la jungle ne se vide de la totalité de son sang.

Il n'y avait pas la moindre trace d'ironie sur son visage ou dans sa voix.

Complètement sonné, j'ai saisi le mouchoir qu'elle me tendait et j'ai sommairement nettoyé mes genoux. Mes écorchures, finalement peu profondes, se sont vite arrêté de saigner, mais le joli carré de tissu brodé que j'avais utilisé était devenu méconnaissable.

– Ce n'est pas grave, m'a-t-elle assuré devant mon air gêné. Tu n'auras qu'à le laver chez toi et me le rendre la prochaine fois que tu passeras par ici.

L'intermède infirmier m'avait permis de retrouver une partie de mes moyens. J'ai rangé le mouchoir dans ma poche et j'ai regardé Shi-Meï en essayant de ne pas me noyer dans le lac sans fond de son regard.

– Tu habites dans le coin ?

Elle a tendu le bras en direction de la haie.

– Une grande maison là derrière.

La bâtisse dont m'avait parlé Marc. Celle qui avait été rachetée six mois plus tôt et dont les propriétaires étaient invisibles. Quelque chose clochait.

– Tu as quel âge ? Je veux dire… je ne t'ai jamais vue à l'école, pourtant tu es si… enfin je…

Ça y est, ça me reprenait. Je me suis senti rougir et Shi-Meï m'a contemplé comme si j'étais un extraterrestre.

– J'ai dix ans, m'a-t-elle finalement répondu.

– Mais… l'école ?

– C'est une longue histoire. Je ne suis pas…

Une voix a retenti du côté de la maison. Un appel lancé dans une langue incompréhensible sur un ton qui m'a paru furieux. Shi-Meï s'est levée d'un bond.

– Il faut que j'y aille.

– Mais…

– Pas le temps. Je n'ai pas le droit d'être ici et encore moins de parler à un inconnu. Si on me voit, ça va être terrible.

– Mais…

Rien à dire, j'étais le roi de l'argument qui tue. Pour être certain de la convaincre, je n'ai pas hésité à tripler la dose :

– Mais…

Shi-Meï m'a souri.

Mon cœur a explosé.

Mon quatrième « mais » s'est étouffé dans ma gorge, soudain trop serrée pour laisser passer le moindre son.

– Je n'ai pas le droit de venir ici, alors je prends souvent le gauche. À demain, Benjamin.

Elle s'est faufilée à travers la haie et a disparu.

Comme un rêve.

Merveilleux.

Shi-Meï (bis)

J'ai réussi à me montrer discret sur mon accident, minimisant ma chute et ses conséquences jusqu'à ce que Luce et Marc, convaincus d'avoir affaire à un héros capable de dominer les plus terribles douleurs, renoncent à soigner mes blessures.

La vérité était que mon VTT n'avait pas souffert, que je me moquais de mes bleus et de mes multiples écorchures, mon esprit loin, très loin de ces basses considérations physiques.

Je crois même qu'on aurait pu me couper une jambe sans que je pousse un cri. Une silhouette, un visage et une voix avaient pris possession de mon être. Je n'étais plus Benjamin Devitalis.

Pendant le repas, j'ai ouvert la bouche plusieurs fois pour parler de Shi-Meï et, à chaque fois, je l'ai refermée sans rien dire. Attitude qui a dû me donner l'air futé d'une carpe droguée, mais j'étais incapable d'agir autrement. Je n'avais vu Shi-Meï que cinq minutes, dont plus de la moitié en état de choc. Je n'avais rien à raconter ou alors il aurait fallu que je mette mon cœur sur la table et ça, il n'en était pas question.

Shi-Meï...

Même son nom était merveilleux.

Tout le monde a cru que je passais la nuit sous ma couette, mais c'est faux.

J'ai dormi sur un nuage.

Le lendemain, en me réveillant, j'ai bondi directement de mon lit dans mon bol de céréales. Ou presque.

Luce m'a regardé engloutir mon petit déjeuner avec un grand sourire tandis qu'Eliott trempait une tartine molle dans son chocolat chaud, l'air encore à moitié endormi.

– Les propriétaires de la bastide des Costes sont patamanites, m'a-t-elle dit comme elle m'aurait donné l'heure.

– Hein ?

– Ce n'est pas un gros mot, tu sais, tu peux refermer la bouche.

– Pourquoi parles-tu de ces gens ? ai-je bafouillé. Et tu dis qu'ils sont pataquoi ?

– Patamanites. C'est ainsi qu'on appelle les habitants de Pataman, une île minuscule qui se trouve entre le Vietnam et la Malaisie.

– Mais...

Décidément, j'aimais ce mot.

– Pourquoi me racontes-tu ça ? me suis-je repris. Justement aujourd'hui ?

Luce m'a retourné un regard innocent.

– Je ne sais pas, je croyais que ça t'intéresserait. Ce n'est pas grave, je...

– Non, attends. Explique. Donc ce sont des Patamanites qui ont racheté la bastide des Costes ?

– Oui. Pataman est un tout petit royaume mais grâce à ses gisements d'émeraudes, il est très riche. Il y a une douzaine d'années, Saniru, le roi de Pataman, a épousé une Française. On a parlé de ce mariage dans les journaux comme d'un conte de fées moderne. Je me rappelle avoir vu des photos et songé que, pour une fois, les journalistes n'exagéraient pas. Malheureusement, la situation politique s'est dégradée peu à peu. Le frère du roi cherche apparemment à lui ravir le pouvoir, aussi Saniru, craignant pour sa famille, lui a fait quitter l'île dans le plus grand secret. Sa femme et sa fille unique se sont installées dans la bastide des Costes, avec d'autres Patamanites évidemment.

– Si c'est un secret, comment es-tu au courant ?

– Un des serviteurs de la reine est tombé malade et son intendant a fait appel à madame Bouchard pour le remplacer.

– Euh... et alors ?

– Madame Bouchard est la pire pipelette de tout le quart sud-est de la France. Lui demander de tenir sa langue est aussi vain qu'ordonner à un fleuve de cesser de couler.

Elle n'a pris ses fonctions qu'hier matin, donc, pour l'instant, seul le village entier est au courant mais demain ce sera la moitié de Marseille et après-demain…

Je n'écoutais plus.

Une idée folle était en train de taper des pieds dans ma tête, exigeant d'être considérée comme une certitude. Je n'avais qu'un moyen de la calmer.

– Euh, Luce…

– Oui ?

– Tu as dit que le roi de Pataman avait une fille unique.

– Oui. La princesse Shi-Meï.

J'ai passé ma journée de classe à attendre impatiemment qu'elle s'achève, tout en craignant le moment où je devrais quitter l'école.

Difficile de se concentrer sur un exercice de conjugaison avec une telle pagaille dans sa tête. Difficile d'ailleurs de se concentrer sur quoi que ce soit…

Valentin en a fait les frais lorsqu'il est venu se plaindre de Dylan qui le harcelait. Il avait reçu une belle claque qui avait laissé cinq traces rouges sur sa joue et avait du mal à contenir ses larmes.

– Je ne peux pas en parler à la maîtresse. Il a dit que si je rapportais, il…

– Valentin.

– Oui ?

– Pataman, ça prend un t ou deux?

Valentin m'a jeté un regard douloureux et s'est éloigné en marmonnant.

À quatre heures et demie, j'ai houspillé Eliott pour qu'il se dépêche. Il a paru surpris que je lui adresse la parole, mais il a obéi. J'ai à peine pris le temps d'avaler un paquet de biscuits au chocolat avant de bondir sur mon VTT et de partir à l'assaut du sentier des Costes.

Je la connaissais bien cette côte. Elle ne me faisait plus peur. Pourtant en arrivant à la hauteur du grand chêne, mon cœur menaçait d'exploser et j'étais hors d'haleine. Sans doute les conséquences de ma chute de la veille…

Elle était là.

Appuyée contre l'arbousier.

Toujours vêtue de bleu.

En la voyant, j'ai pris conscience que ma mémoire ne valait pas un clou. Shi-Meï était mille fois plus belle en vrai que dans mon souvenir.

– Bonjour, Benjamin.

Respirer.

Ne pas oublier de respirer.

– Bonjour, euh… il faut dire princesse ou Shi-Meï ?

Elle a froncé les sourcils.

– Qui t'a raconté ça ?

– Une bonne femme qui travaille pour ta mère. Elle l'a dit à Luce qui me l'a répété.

– Ce n'est pas très malin.

Shi-Meï n'avait cependant l'air ni vraiment fâchée ni vraiment inquiète, aussi ai-je conclu que Mme Bouchard avait exagéré la situation dans son rapport d'espionne. Peut-être même en avait-elle inventé la moitié.

– Tu es vraiment une princesse ?

– Puisque mon père est un roi, je crois qu'on peut dire ça.

– C'est pour cette raison que tu ne vas pas à l'école avec nous ? Parce que tu es une princesse ?

– N'importe quoi. Mon père préfère que nous restions discrètes, ma mère et moi, à cause de mon oncle Kobalaï, mais quand je vivais à Pataman j'allais en classe comme tout le monde.

Sa voix s'était cassée et j'ai compris que le sujet était sensible. Pour faire diversion, je lui ai tendu son mouchoir. Je l'avais lavé moi-même et s'il était loin d'avoir retrouvé sa propreté d'origine, elle n'a pas tiqué et l'a empoché en me remerciant.

Puis nous nous sommes assis et nous avons commencé à parler.

Au début, j'étais juste content de ne pas bégayer mais, très vite, pris par la conversation, je n'y ai plus pensé.

Je n'avais jamais vraiment discuté avec une fille. Celles que je connaissais à Marseille étaient moches, bêtes et je n'avais aucune envie de me prendre la honte devant les copains en m'affichant avec elles. Depuis mon arrivée chez Luce et Marc, la situation avait un peu changé. J'avais de bonnes copines en classe, Lucille, Manon, Noémie, des filles sympas mais elles n'avaient rien à voir avec Shi-Meï. Avec Shi-Meï, c'était...

C'était magique.

Nous avons parlé de tout. De vraiment tout. De son île et du village. De ses parents, de Luce et Marc. De ses amis et des miens. De nos vies. Différentes. Très différentes. Et pourtant un peu pareilles... Je lui ai décrit Kader, champion du monde des racailles du quartier, elle m'a tracé le portrait de son oncle Kobalaï, champion du monde des sales types.

Je ne lui ai pas parlé de ma mère.

J'étais trop bien.

Puis la voix a retenti comme la veille. Impérieuse. Shi-Meï s'est levée d'un bond et j'ai pris conscience qu'il était tard.

Vraiment très tard.

J'allais me faire étriper, j'aurais dû sauter sur mon vélo, foncer à toute allure, pourtant je restais là, debout, à la regarder. Je n'arrivais pas à la quitter. Nous avions encore tellement de choses à partager… Si elle ne s'était pas glissée à travers la haie, je crois qu'il aurait fallu un hélicoptère et un treuil pour me faire bouger.

– Demain, c'est samedi, a-t-elle soufflé avant de disparaître. Tu peux venir quand tu veux, je serai là.

Je suis redescendu au village en volant.

Explications (avec un s)

Je ne savais pas comment Luce et Marc allaient réagir. J'étais très en retard.

Suffisamment pour que des tuteurs traditionnels me passent un savon, mais Luce et Marc étaient-ils des tuteurs traditionnels et, dans tous les cas, ne l'avais-je pas mérité ce savon ? Quinze jours plus tôt, je me serais moqué de ces deux questions et de leurs réponses. Complètement.

Plus maintenant.

La peur de les décevoir éclipsait presque le bonheur du temps passé avec Shi-Meï et je me suis senti nul. Comme avant.

J'ai rangé mon vélo dans le garage, notant que Marc n'était pas encore rentré du boulot, et je suis passé dans la cuisine.

Luce était assise, les bras croisés sur la table.

– Eliott, va jouer dans ta chambre s'il te plaît.

Elle a attendu qu'il soit sorti pour planter ses yeux dans les miens.

– Prends une chaise, Benjamin.

Je me suis installé en face d'elle, le cœur battant. Elle m'a regardé un long moment avant de reprendre :

– Ce n'est pas acceptable, Benjamin.

Sa voix était calme, presque douce. Je me suis liquéfié.

– J'étais morte d'inquiétude. Encore cinq minutes et j'alertais la gendarmerie.

– Je...

– Benjamin, sais-tu pourquoi nous avons demandé à t'accueillir, Marc et moi ?

– Je... Non.

C'était exact. Je les avais classés dans la troisième catégorie, mais je ne savais rien de leurs motivations. Absolument rien. Je ne m'étais même pas posé la question.

La honte.

– Je vais te le dire, Benjamin. Ainsi nous pourrons continuer à suivre le même chemin. Aussi longtemps que tu le voudras. Nous avons souhaité t'avoir près de nous parce que nous sommes formidablement heureux. Nous avons la chance inouïe de vivre un vrai bonheur. Un bonheur rare. Un bonheur si fort qu'il en est presque injuste. Un bonheur si beau qu'il faut le partager si on veut pouvoir dire qu'on le mérite. Tu comprends ?

C'était une question. J'aurais volontiers répondu, mais avec ces fichus yeux qui me piquaient…

– Ce bonheur est à toi, Benjamin. Cadeau.

Nouveau silence. Intense. Puis :

– Demain, j'ai envie de faire des crêpes. Qu'est-ce que tu en penses ?

C'était fini. La magicienne avait réussi à me sermonner tout en me disant qu'elle m'aimait, à me passer le pire des savons que j'aie jamais reçu sans élever le ton. Un savon qui avait fait son effet. J'étais nettoyé.

– Luce…

– Oui ?

J'ai pris le temps de respirer.

– Moi aussi, j'ai un truc à partager.

Elle m'a souri et mon angoisse s'est envolée. Définitivement.

– Je t'écoute.

– J'ai rencontré une fille dans la colline...

Le lendemain, à la récré de dix heures, je suis allé m'excuser auprès de Valentin pour mon attitude de la veille. C'est un bon copain, il ne m'en voulait pas. Pas trop.

Presque machinalement, j'ai jeté un œil du côté de Dylan et de sa bande. À leur habitude, ils traînaient dans ce coin de la cour que les maîtresses ont du mal à surveiller à cause d'un gros platane qui bouche la vue. C'est leur coin. Personne ne s'y aventure et c'est parce qu'il était passé par là que Valentin s'était ramassé une claque.

L'exemple n'avait pourtant pas suffi. Un petit s'était risqué en zone interdite. Dylan l'avait coincé contre un mur et s'amusait à le terroriser.

– Quel abruti ! me suis-je exclamé. Il méritérait que…

Je me suis tu, tandis qu'une prodigieuse vague de colère montait en moi.

– Qu'est-ce que tu as ? m'a demandé Valentin. Tu as la tête de…

Je n'ai pas entendu la fin de sa phrase, j'avais déjà franchi en courant la moitié de la cour.

Eliott m'a vu arriver et une lumière d'espoir s'est allumée dans ses yeux remplis de larmes.

– Benjamin…

Un murmure.

Un simple murmure qui a fini de pulvériser mon armure.

Je me suis accroupi près d'Eliott et il s'est serré contre moi. Après une brève hésitation j'ai refermé mes bras sur lui.

– C'est fini, Eliott. C'est fini…

Je l'ai laissé pleurer un petit moment puis je me suis relevé. Doucement. Pour qu'il comprenne que j'étais là.

Que je serais toujours là.

Mais que, pour l'instant, j'avais quelque chose à régler.

Valentin m'avait suivi et se tenait près de moi. Il avait beau trembler, ses poings étaient serrés. Dans une bagarre, il devait être aussi efficace qu'une nouille molle, peut-être moins, et pourtant il ne m'avait pas lâché. Un type bien.

Un ami.

C'est à lui que je me suis adressé en m'avançant vers Dylan.

– Tu vois, Valentin, depuis que je suis arrivé dans cette école, tu crois que je suis un bon garçon.

Dylan avait assisté à la scène en ricanant. En me voyant faire un pas vers lui, il a froncé les sourcils.

– Un bon élève.

Encore un pas.

– Eh bien tu te trompes, Valentin !

Un autre pas. Dylan a frémi, vaguement inquiet.

– Je ne suis pas un bon petit gars.

J'y étais. Juste exactement pile-poil la bonne distance. La distance à la Kader.

– Je suis un voyou !

Le « you » de voyou a été couvert par le bruit du pif de Dylan qui explosait.

Un coup de boule magnifique, parfaitement ajusté, pas trop fort afin de ne rien casser, mais assez, tout de même, pour que ce gros tas se retrouve assis par terre, son nez pissant le sang comme une fontaine.

Kader aurait été fier de moi.

Les copains de Dylan, eux, en sont restés pétrifiés. Lorsque je me suis approché de leur chef qui geignait en se tenant la figure, ils n'ont pas esquissé un geste.

– Ce petit garçon s'appelle Eliott. Il compte beaucoup pour moi. Autant que Valentin et tous mes amis. Tu t'en rappelleras ?

Sans attendre de réponse, j'ai tourné les talons pour traverser la cour.

Je savais que ce n'était pas une façon d'agir, qu'il ne fallait pas régler ses problèmes de cette manière, que les ennuis allaient pleuvoir. Je savais tout ça. Oui mais…

Valentin marchait près de moi, les épaules rejetées en arrière, aussi fier que s'il avait terrassé seul le gros Dylan. Comme libéré d'un poids invisible et écrasant.

Et la main d'Eliott serrée dans la mienne…

Et le regard qu'il portait sur moi.

J'étais heureux.
Formidablement heureux.
Et puis…
… chacun partage ce qu'il possède, non ?

Héros (pas pour longtemps)

– Madame Papoloni a fait semblant d'être fâchée, mais je crois qu'elle était plutôt contente que ce peigne-girafe se ramasse une dérouillée.

– Que ce quoi se ramasse une quoi ?

– Peigne-girafe est une expression pour décrire quelqu'un de stupide et une dérouillée c'est une ratatouille. Euh… une raclée.

– Pas mal. Et Luce ? Et Marc ?

– Eux, ils étaient franchement heureux !

Shi-Meï a levé les yeux au ciel.

– Heureux d'être convoqués par la directrice parce que tu règles tes problèmes comme un balourd ? Drôle de famille !

Une semaine s'était écoulée depuis que je m'étais expliqué avec Dylan. L'affaire avait fait du bruit à l'école, mais pas celui auquel je m'attendais.

Comme si le fait de voir Dylan pleurnicher au milieu de la cour avait délié les langues, un tas d'élèves s'étaient mis à parler, à se plaindre de sa méchanceté, de sa fourberie, de ses coups en douce…

Avant que je réalise ce qui m'arrivait, j'étais passé du statut de grosse brute à celui de héros.

Luce et Marc avaient tout de même été convoqués par Mme Papoloni mais, comme je venais de l'expliquer à Shi-Meï, c'était davantage pour sauver les apparences que pour me sermonner vraiment. J'avais l'impression d'avoir été clair, pourquoi Shi-Meï réagissait-elle ainsi ? Je devais en avoir le cœur net.

– Un balourd ? Qu'est-ce que tu veux dire ?

– D'abord que tu aurais dû lui flanquer une… comment dis-tu ?… une mare à nouilles ?

– Une ratatouille.

– C'est ça, une ratatouille. Tu aurais dû la lui flanquer bien plus tôt. Je trouve aussi que tu n'as pas tapé assez fort et, pour finir, je regrette que tu ne te sois pas occupé de ses copains. Ils auraient dû tous finir à l'hôpital !

Cette tirade prononcée sur un ton badin comme si Shi-Meï m'avait donné un conseil en orthographe ! J'en suis resté bouche bée. Ma princesse avait une âme de Barbare.

Oups…

Ça y est, je l'ai dit.

Princesse.

Ma princesse !

Depuis notre première rencontre, il ne s'était pas déroulé un jour sans que je prenne mon VTT pour grimper le sentier des Costes et retrouver Shi-Meï près du grand chêne. Et elle n'avait manqué aucun de nos rendez-vous.

Je pouvais surgir à n'importe quel moment, en avance sur mon horaire habituel ou, au contraire, retardé par mes devoirs, elle était là, adossée à l'arbousier, et mon cœur bondissait quand je l'apercevais.

Bondissait de plus en plus fort.

Bondissait quand j'arrivais.

Bondissait quand je repartais.

Bondissait le jour.

Bondissait la nuit.

Ce n'était plus un cœur, c'était un kangourou !

Shi-Meï ne restait invisible que lorsque je passais avec Marc pour une de nos longues randonnées. Elle m'avait expliqué qu'en raison des menaces de son oncle Kobalaï, elle était censée, par mesure de prudence, n'avoir aucun contact avec l'extérieur. Elle m'avait aussi soufflé, avec un de ces sourires magiques dont elle avait le secret, qu'il était hors de question qu'elle obéisse si cela devait l'empêcher de me voir.

Je m'étais presque évanoui de bonheur.

Bon. La remarque de Shi-Meï était étonnante, mais c'est ce que j'aimais en elle.

Non. C'était une des choses que j'aimais en elle. À part sa place près de l'arbousier, elle n'était jamais là où on l'attendait, ne réfléchissait pas comme les autres et je trouvais ça génial.

Chacune de nos rencontres me propulsait un peu plus vers un bonheur que je n'avais jamais imaginé goûter un jour.

Ce n'était pas tout. À la maison, Luce et Marc continuaient à être géniaux et, pour couronner le tout, ma relation avec Eliott avait effectué un virage à cent quatre-vingts degrés. Depuis l'épisode du pif en bouillie, il me considérait comme son héros personnel, et moi, j'étais pris au piège de sa bonne humeur irrésistible et de sa gentillesse désarmante. Nous continuions à effectuer les trajets ensemble mais nous marchions désormais comme deux frères, et le soir, sous le sceau du secret absolu, je m'étais mis à jouer aux Playmobil !

– Ne rentre pas trop tard, d'accord?

J'ai acquiescé d'un signe de tête avant de m'élancer. Luce savait où je me rendais, qui j'allais voir et pourquoi. Elle en savait plus que quiconque au monde, elle en savait peut-être même plus que moi, mais pas une fois elle ne s'était autorisé la moindre remarque, la moindre ingérence dans mes affaires. Je ne l'en aimais que davantage.

Nous étions jeudi en fin d'après-midi, le nez de Dylan était cicatrisé depuis longtemps et j'avais rendez-vous avec Shi-Meï.

J'ai appuyé sur mes pédales avec toute l'énergie dont je disposais. Une énergie qui, selon Marc, m'offrait de bonnes chances de remporter la compétition pour laquelle nous étions inscrits, lui en vétéran, moi en moins de douze ans.

Il ne me restait plus que quatre jours avant la course, juste le temps nécessaire pour achever de prendre mes marques, mais je ne cherchais pas à me mentir. Si je fonçais, ce n'était pas pour parfaire mon entraînement...

Le troisième virage marque la partie la plus dure de la côte. Je l'ai négocié en relançant de deux pignons, je me suis mis en danseuse, j'ai empoigné mon guidon et, au lieu de ralentir, j'ai accéléré. C'est une technique que personne ne m'a enseignée et qui émerveille Marc. Selon lui, elle est la marque des champions.

Champion ou pas, c'est à ce moment précis qu'un type a traversé le sentier. Il a surgi comme un diable de derrière un cade, juste devant moi, et je n'ai pas eu d'autre solution que de partir dans le décor. Je détenais, certes, une forme du tonnerre mais la montée limitait ma vitesse et je me suis reçu sans trop de mal dans les buissons. Je me suis relevé d'un bond, j'ai ouvert la bouche pour incendier l'irresponsable moisi du cerveau qui avait causé ma chute et…

Je suis resté muet.

C'est fou comme ça calme, une lame de couteau posée contre la gorge.

Action

J'ai avalé péniblement ma salive.

L'homme au couteau était chinois. Il devait mesurer deux mètres, peser cent cinquante kilos et dans ses yeux terrifiants j'ai lu ma mort.

Il ne bougeait pas, et, malgré la terreur qui me submergeait, je l'ai imité. Je savais qu'au moindre mouvement, à la moindre parole, j'étais fichu. Je le savais sans qu'aucun doute soit possible.

Le fil de son arme posé contre ma pomme d'Adam m'obligeait à tendre le cou dans une position douloureuse, à me jucher sur la pointe des pieds pour ne pas être égorgé, pourtant j'ai réussi à rester immobile. Et silencieux.

Le cauchemar a duré une éternité.

Peut-être même deux.

Puis la pression contre ma veine jugulaire s'est relâchée. L'homme a craché une phrase incompréhensible, mais le signe du menton qui l'a accompagnée était clair. J'ai reculé en chancelant jusqu'à buter contre mon vélo. Je l'ai relevé sans quitter l'inconnu des yeux, sans cesser de trembler, et je l'ai enfourché.

Un geste péremptoire du couteau et je suis parti comme une flèche.

J'ai dévalé le sentier des Costes, le cœur battant à mille à l'heure, contenant à grand-peine une abominable envie de pleurer.

Une envie de hurler.

J'ai foncé jusqu'à la maison, dérapé devant le portail, jeté mon VTT dans le jardin, et j'ai bondi dans le salon.

Il était vide.

Pendant un instant d'affolement absolu, j'ai cru que le Chinois fou était passé par là, qu'il avait tué tout le monde, puis j'ai réussi à me contrôler, je me suis obligé à respirer lentement et à fond.

Marc travaillait, Luce m'avait averti qu'elle devait effectuer quelques courses avec Eliott, tout allait bien.

Tout allait bien. Façon de parler...

J'étais terrorisé !

Je me suis blotti dans un fauteuil, j'ai remonté mes genoux contre ma poitrine, fermé les yeux. Je m'apprêtais à me transformer en saucisse larmoyante, lorsqu'une pensée cohérente a enfin réussi à émerger du chaos régnant dans mon esprit. Ce tueur dément n'était pas dans la colline par hasard !

Mes larmes se sont évaporées et j'ai commencé à réfléchir.

À toute vitesse, pour rattraper le temps perdu !

Le monstrueux Chinois qui avait failli m'égorger ne se baladait pas sur le sentier des Costes pour ramasser des champignons. C'était une évidence. Il ne se trouvait pas là non plus pour me dire bonjour ou pour me piquer mon vélo.

Shi-Meï!

Son visage, ses mots, le récit de ses mésaventures familiales, ont surgi de ma mémoire comme un ouragan. L'oncle perfide avait retrouvé sa trace!

J'ai tenté de me convaincre que je délirais, que le Chinois au couteau était sûrement un garde du corps chargé de sa protection, que ma princesse ne risquait rien… je n'y ai pas cru une seconde.

J'ai jeté un coup d'œil désespéré par la fenêtre. Luce ne revenait pas.

Agir.

J'ai failli téléphoner à la police avant de me raviser. Personne ne croirait mon histoire et mes rares rencontres avec les représentants de la force publique ne constituaient pas vraiment de super souvenirs. Je devais trouver autre chose.

Mon vélo m'attendait devant la maison, sa roue avant tournée vers la rue comme s'il m'adressait un signe. Un encouragement.

C'était évident.

Ma peur s'est envolée, remplacée par une certitude en acier blindé.

J'allais sauver Shi-Meï !

Je pédalais en souplesse, le regard braqué sur les buissons, l'oreille aux aguets, prêt à réagir au quart de tour si le Chinois fou apparaissait.

Au moment de partir, j'avais hésité à me munir d'une arme, un couteau de cuisine, un marteau, la tronçonneuse de Marc... avant de renoncer. J'aurais été incapable de m'en servir contre quelqu'un et puis, vu le gabarit de mon adversaire, il m'aurait fallu au moins un bazooka pour lui faire la peau et je n'en avais pas sous la main !

Le soir approchait.

Le silence des collines n'était troublé que par le gémissement du vent dans les pins et le chant de quelques oiseaux solitaires. Non, ce n'était pas tout. Mon cœur aussi faisait pas mal de boucan. Par chance, j'étais le seul à l'entendre.

J'ai grimpé le sentier jusqu'au chêne sans noter la moindre présence, le moindre mouvement inhabituel. J'ai fini par me demander si mon imagination débordante n'avait pas créé de toutes pièces le scénario catastrophe qui me faisait serrer les dents en scrutant les taillis. Shi-Meï m'attendrait comme d'habitude, elle rirait de mes craintes, me donnerait une explication logique à toute cette…

Il n'y avait personne à côté de l'arbousier.

Mon rythme cardiaque s'est accéléré, mais je n'ai pas autorisé la peur à entraver ma résolution. J'ai appuyé mon VTT contre un buisson et, en essayant d'être aussi discret qu'un serpent, je me suis glissé à travers la haie.

À de nombreuses reprises, j'avais vu Shi-Meï se faufiler ainsi même si je ne l'avais jamais suivie.

Un parc soigneusement entretenu s'étendait devant moi et, à une centaine de mètres, s'élevait une grande bastide construite en L autour d'une piscine immense.

Aucun bruit.

Aucun signe de vie.

En progressant furtivement de buisson en buisson, je me suis approché de la maison. Les grandes portes-fenêtres qui donnaient sur la terrasse étaient ouvertes, laissant apercevoir un intérieur meublé comme dans les films.

Vide.

Le regard rivé sur la bastide, j'ai failli m'étaler en butant contre le corps d'un homme étendu dans l'herbe. Il était vêtu d'une blouse blanche semblable à celles que portent les cuisiniers et une minuscule fléchette de métal était fichée dans son cou.

Je n'ai pas eu le temps de me demander s'il était mort. Il a ouvert les yeux, les a fixés sur moi et a balbutié en patamanite une phrase presque inaudible. Je me suis accroupi près de lui.

– Je ne comprends rien, l'ai-je pressé. Que dites-vous ?

Il a grimacé, ses paupières se sont refermées. Il les a rouvertes avec difficulté.

– Ils… Ils ont enlevé princesse… Shi-Meï, a-t-il murmuré dans un français approximatif.

Sa tête a basculé sur le côté et un ronflement sonore a jailli de sa bouche ouverte. Il dormait comme une bûche ! Je n'ai pas essayé de le réveiller. Je savais que je n'y parviendrais pas et, surtout, un bruit de moteur venait de s'élever.

Une voiture.

Une voiture qui, loin d'emprunter la route descendant au village, s'éloignait vers l'intérieur des collines. Vers la mer.

J'ai récupéré mon vélo et je suis parti à fond.

Dans la même direction.

Le vol du pingouin ivre

Le Patamanite en blouse blanche avait dit « ils ». Le Chinois hypertrophié du muscle n'était pas seul ! Ça tombait bien, j'avais la rage au ventre et je savais qu'il me faudrait massacrer une dizaine de types dans son genre pour me calmer.

Bon. D'accord. C'est de la frime. Je n'étais pas à moitié aussi sûr de moi que je l'aurais souhaité, mais je pédalais avec hargne et une seule chose comptait : rattraper cette fichue voiture !

Il devait s'agir d'un 4x4, un autre véhicule aurait été incapable d'emprunter la piste des collines. Il était toutefois trop rapide pour moi et, très vite, le bruit de son moteur s'est estompé avant de s'évanouir complètement. J'ai poussé un juron et j'ai accéléré. Les muscles de mes jambes me hurlaient d'arrêter, ma gorge brûlait, mon souffle était rauque... J'ai encore accéléré.

J'ai débouché sur la crête, à moitié mort d'épuisement. Sans jeter un seul coup d'œil au somptueux spectacle qu'offrait le soleil glissant vers la rade, j'ai changé de pignon et je suis reparti. À fond.

Sur ma gauche, la piste se dirigeait vers la crique que Marc m'avait fait découvrir le jour de mon arrivée. La voiture avait dû l'emprunter puisque tous les autres chemins menaient à des impasses ou se transformaient en sentiers uniquement praticables à pied ou à vélo. J'ai hésité à m'y lancer mais je savais que je ne rattraperais pas mon retard, même en descendant sans toucher mes freins.

Après une micro-seconde de réflexion, je suis parti comme un fou en direction de la falaise. De là, je pourrais les apercevoir, noter dans quelle direction ils se dirigeaient...

Cinq minutes de sprint puis j'ai freiné, dérapé, arrêté mon vélo à dix centimètres du vide.

Loin en contrebas, les vagues se fracassaient contre les rochers, leur écume folle tentant d'éclabousser le ciel tandis que le soleil se préparait à ensanglanter la mer.

Je m'en fichais.

J'avais les yeux rivés sur le 4x4 arrêté sur la plage à quelques mètres de l'eau et du canot tiré sur le sable.

Si proche.

Hors de portée.

Trois hommes sont descendus du 4x4. L'un d'entre eux portait dans ses bras une forme inconsciente que, malgré la distance, j'ai reconnue. Mon sang s'est mis à bouillir dans mes veines, j'ai serré les poings, pris d'une fureur presque incontrôlable.

Shi-Meï!

Les hommes sont montés dans le canot et ont lancé le moteur.

Au même instant, le 4x4 a redémarré et s'est éloigné lentement en longeant la mer. Si quelqu'un avait donné l'alerte, si la police intervenait, coinçait le conducteur, elle ne trouverait aucune trace de Shi-Meï. Le plan des ravisseurs était parfait.

J'ai reporté mon regard sur le canot.

Il fendait les flots en direction d'un bateau immobilisé au large. Un superbe bateau blanc à la silhouette racée. Un yacht de milliardaire.

Dès que les kidnappeurs auraient embarqué, le navire s'éloignerait. Disparaîtrait.

Avec Shi-Meï.

Un vent de désespoir né de mon impuissance a balayé mon esprit avant que je me secoue et l'envoie souffler à l'autre bout du monde. J'ai arraché mon casque pour le jeter à terre avec un chapelet de jurons capables de faire mourir Kader de jalousie.

Il était hors de question que j'assiste sans bouger à l'enlèvement de ma princesse.

Je suis remonté sur mon vélo et j'ai fait demi-tour.

Vingt mètres.

Je me suis arrêté.

De nouveau demi-tour.

« En prenant un bon élan, je suis sûr qu'on doit atteindre l'eau, au-delà des écueils. » Marc plaisantait lorsqu'il m'avait lancé cette phrase, une éternité plus tôt.

Moi pas.

J'ai empoigné mon guidon comme si rien d'autre n'existait dans l'univers et j'ai appuyé de toutes mes forces sur les pédales.

De toutes mes forces…

L'expression est faible.

J'ai appuyé avec une énergie que j'ignorais posséder, une énergie capable de me faire passer à travers une montagne. Je ne savais pourtant pas si elle suffirait. Je ne souhaitais pas traverser une montagne mais m'envoler !

Or, la dernière fois que j'avais tenté de voler à vélo, je m'étais aplati lamentablement dans la poussière.

Comme un pingouin ivre mort.

Douloureux, d'accord, mais je m'étais relevé. Si je ratais mon envol aujourd'hui, on ne retrouverait de moi que les petits morceaux dont les crabes n'auraient pas voulu...

J'ai chassé cette pensée funeste, j'ai parcouru les derniers mètres à la vitesse d'une fusée et j'ai jailli vers le ciel.

Silence.

Courbe inimaginable.

Oiseau. J'étais un oiseau.

Puis le vent s'est mis à siffler dans mes oreilles.

Furieusement.

La surface de la mer s'est rapprochée. Vite. Si vite...

Je vais m'écraser ! Je vais m'écraser ! Je vais m'é...

Le choc. Monstrueux !

J'ai eu l'impression de heurter une dalle de béton, l'impression que mes os explosaient, que mes membres se dispersaient aux quatre coins du monde. Une douleur particulièrement violente dans les poignets lorsque mon vélo s'est disloqué en touchant l'eau, puis un univers liquide et glacé s'est refermé sur moi.

Je n'étais pas mort !

J'ai fait quelques brasses vers le haut, d'abord lentement à cause de mon corps endolori puis plus vite, lorsque je me suis aperçu que j'étais descendu fichtrement profond et que je n'avais guère d'oxygène en réserve dans mes poumons.

Ma tête a crevé la surface à l'instant où des papillons noirs commençaient à danser devant mes yeux. Une bonne goulée d'air et j'ai scruté le large par-dessus les vagues. Mon plongeon était passé inaperçu, ce qui était logique. Le canot avait couvert la moitié de la distance qui le séparait du yacht et les hommes qui s'y trouvaient n'avaient aucune raison de regarder en arrière.

J'ai nagé.

Action (bis)

Mes vêtements, alourdis par l'eau, me tiraient vers le fond tandis que mes baskets pesaient une tonne chacune. Conséquence directe : impossible de prétendre que je nageais avec élégance ni même efficacité. Pour tout dire, j'avais l'impression de m'être transformé en sous-marin. Un sous-marin qui aurait possédé la grâce d'une enclume et l'autonomie d'un glaçon au milieu du Sahara…

Je me suis d'abord débarrassé de mon sweat puis de mes baskets avec un pincement de cœur. Je n'étais pas près de m'en faire offrir d'aussi belles. Mais bon, cœur serré ou pas, j'ai, du coup, retrouvé une mobilité acceptable et ma tête a de nouveau passé plus de temps au-dessus de la surface qu'en dessous. J'ai bataillé longtemps contre les vagues et j'ai dû boire des litres d'eau salée. Une horreur. Il ne manquait plus que les requins pour que mon bonheur soit complet...

J'ai atteint le yacht au moment où ses moteurs se mettaient à ronronner. Cela faisait une éternité que les hommes du canot et Shi-Meï étaient à bord, et j'ai tremblé à l'idée qu'à quelques minutes près, j'avais failli me retrouver seul au milieu de la rade. Épuisé comme je l'étais, je n'aurais eu aucune chance de regagner la plage.

Je n'étais pourtant pas tiré d'affaire. Les flancs du bateau étaient parfaitement lisses, son bastingage hors de portée. Impossible de me hisser sur le pont !

Le yacht s'est mis en mouvement et sa coque a défilé contre mes doigts alors que je tentais vainement de découvrir une aspérité pour m'y accrocher. Je n'étais pas loin de m'avouer vaincu lorsque j'ai aperçu le canot attaché à l'arrière du bateau par une corde épaisse.

Je l'ai saisie alors qu'elle passait près de moi et j'ai utilisé mes dernières forces pour grimper à bord.

Pédaler, plonger, nager, grimper, sont des actions a priori faciles. Les problèmes apparaissent lorsqu'on enchaîne ces actions faciles sans prendre le temps de respirer. Elles deviennent alors éreintantes !

Le frottement de la corde m'a brûlé l'intérieur des cuisses, à plusieurs reprises j'ai failli lâcher prise pourtant j'ai tenu bon. J'ai basculé sur le pont, haletant, anéanti, les muscles de mes bras et de mes jambes réduits à l'état de yaourt périmé.

J'aurais voulu fermer les yeux et dormir pendant un an ou deux, mais que quelqu'un me surprenne sur ce bateau et ma sieste risquait fort de se transformer en repos éternel…

Je me suis levé en chancelant de fatigue et j'ai cherché une cachette. Une chaloupe en bois fixée sur des cales arrondies a attiré mon regard. Elle était couverte d'une bâche blanche sous laquelle je pouvais sans doute me glisser. Personne n'irait me chercher là.

J'étais en sécurité depuis moins d'une minute lorsque des pas ont retenti sur le pont. Je me suis figé. Surtout ne pas faire de bruit...

Aussi silencieux qu'une souris muette, je me suis rencogné dans l'obscurité rassurante de la chaloupe. Une caisse au caractère aigri par la solitude a tenté de me perforer les côtes mais je m'en moquais. Comme je me moquais de mes poignets toujours douloureux et de mes muscles tétanisés par l'épuisement.

Je me moquais de tout.

De presque tout.

Je voulais juste que le type qui arrivait ne remarque pas les traces d'eau sur le pont.

Mes traces.

S'il les voyait, il aurait envie de les suivre et s'il les suivait, elles le conduiraient droit à la chaloupe. Il soulèverait la bâche et n'aurait qu'à tendre la main pour me cueillir.

Mes chances de survie seraient alors proches du zéro absolu. Surtout si c'était le fou au couteau. Tellement baraqué qu'en comparaison, Sylvester Stallone ressemblait à un petit rat de l'Opéra.

Bien sûr, s'il se pointait, je pourrais toujours tenter de lui mordre le petit doigt en espérant qu'il attrape un tétanos foudroyant ou alors le faire mourir de rire en lui racontant les blagues de mon pote Kader, mais je n'étais pas vraiment certain que ça marche. Surtout les blagues de Kader. Bref, je préférais qu'il ne remarque pas mes traces.

Les pas se sont rapprochés. Hyperzut! C'était le maniaque au poignard!

Non, impossible! Personne ne pouvait être aussi musclé. Ce type était un extraterrestre ou alors il se dopait depuis la maternelle. Et moi qui croyais que les Chinois ne dépassaient pas un mètre quarante…

Je l'ai observé par un interstice sous la bâche, en croisant les doigts. Pourvu que…

Ouf!

Il n'a pas jeté un regard sur le pont mais s'est perdu dans la contemplation du coucher de soleil. Un artiste frustré? Cela ne m'a pas rassuré. Une brute romantique n'en devient pas sympathique pour autant. Un tueur reste un tueur quoi qu'il…

Oh non! King Kong venait de s'adosser à la chaloupe, histoire d'admirer dans de meilleures conditions la débauche de couleurs qui devait envahir l'horizon.

Mon abri a grincé, mais a résisté. Heureusement. Le nez plaqué contre le bois huilé, j'ai essayé d'oublier que j'étais un mammifère et que j'avais besoin de respirer.

J'étais en passe de battre le record du monde d'apnée en chaloupe lorsque le monstre s'est éloigné. Il devait en avoir assez du coucher de soleil ou alors il était si stupide que, se croyant au cinéma, il trouvait que le film tardait à débuter, à moins qu'une envie pressante... Il s'est éloigné et j'ai pu à nouveau envisager d'utiliser mes poumons, mes bronches, ma trachée, et tout le bazar qui va avec. Mon cerveau, enfin oxygéné, a recommencé à réfléchir. J'ai fait un bilan rapide.

Un, il y avait au moins trois hommes sur le bateau, sans doute plus et ce n'étaient pas des enfants de chœur.

Deux, ces types avaient certainement prévu d'effectuer le voyage pour Pataman à bord de ce yacht.

Trois... Non. Je suis revenu au point deux en me bottant mentalement les fesses.

Je n'avais aucune raison de penser que les ravisseurs allaient conduire Shi-Meï à Pataman. En bateau, ils en avaient pour des semaines. Soupir. Je ne suis vraiment pas doué pour la réflexion.

J'ai soulevé la bâche. Bien qu'encore discrète, la nuit était là, et les détails du pont s'estompaient dans l'obscurité. J'ai tout de même remarqué que le bateau filait droit sur Marseille. Cette découverte m'a poussé à sortir de la chaloupe. Le yacht fonçait, le trajet serait rapide. D'autres bandits nous attendaient certainement à l'arrivée. Si je voulais agir avant qu'ils n'interviennent, il n'y avait pas de temps à perdre.

Le pont était dominé par une cabine qu'illuminait le projecteur placé sur son toit. La silhouette d'un homme, à coup sûr le pilote, se découpait à l'intérieur. Inutile de chercher Shi-Meï là-haut.

Près de la cabine, une volée de marches s'enfonçait dans les entrailles du yacht. Je m'y suis risqué sur la pointe des pieds, pestant intérieurement contre mes vêtements trempés qui flic-floquaient très peu discrètement.

Une coursive large aux murs lambrissés s'est ouverte devant moi, éclairée par des appliques qui auraient fait la joie d'un antiquaire et sans doute sa fortune. Au pied des escaliers, la porte entrebâillée d'une cabine laissait filtrer les voix de deux hommes, peut-être trois. Ils discutaient dans une langue asiatique incompréhensible. J'ai poursuivi mon chemin.

Shi-Meï se trouvait dans la seconde cabine, assise sur une banquette face à la porte ouverte. Elle était attachée par des liens de plastique qui lui interdisaient tout mouvement, mais elle gardait la tête haute et fusillait de ses yeux noirs l'homme installé sur une chaise devant elle. À la place de ce type, je serais mort de terreur mais, manque de bol, il devait porter un gilet pare-balles qui le plaçait à l'abri du regard assassin de ma princesse.

J'ai mis un doigt en travers de ma bouche pour intimer le silence à Shi-Meï. C'était inutile. Elle n'a pas bougé, n'a pas paru surprise, ne m'a pas accordé la moindre attention. Si j'avais été invisible, elle n'aurait pas agi différemment. Mon admiration pour elle a encore augmenté d'un cran.

Bon. Il y avait urgence. L'homme avait beau ne pas posséder la carrure du fou au couteau, il était assez costaud pour me réduire en bouillie avec une seule main. J'aurais dû me munir de la tronçonneuse de Marc !

J'ai jeté un coup d'œil autour de moi et j'ai repéré l'extincteur accroché au mur, près de la porte. Comme si un ange gardien prévoyant l'avait placé là à mon unique intention. Je m'en suis emparé en prenant soin de ne faire aucun bruit et je l'ai brandi au-dessus de ma tête…

C'est évidemment à cet instant précis que le kidnappeur s'est retourné. La flamme dans ses yeux, lorsqu'il m'a vu, était si sauvage, si cruelle, que l'extincteur a glissé de mes mains. J'ai cru que ma dernière heure était arrivée. C'était compter sans la chance insolente qui sourit parfois aux apprentis héros.

L'extincteur, un cylindre de métal qui devait bien peser cinq ou six kilos, est tombé pile sur les pieds du type.

Avec un cri de douleur très convaincant, il s'est plié en deux. Son front a cogné la table, fort, et il s'est redressé brusquement.

Trop brusquement.

Le haut de son crâne a percuté une des poutres de la cabine, et, soudain, il n'a plus eu l'air dangereux du tout. Il a vacillé une seconde puis il s'est effondré comme une masse et n'a plus bougé.

Je me suis précipité vers Shi-Meï et je l'ai rapidement libérée. Elle a grimacé lorsque le sang s'est remis à circuler normalement dans ses veines, mais s'est levée sans que j'aie à l'aider. Elle s'est plantée devant moi.

– Merci Ben, a-t-elle soufflé.

Et elle m'a embrassé.

Sur la bouche.

Comme dans les films.

J'ai failli mourir de bonheur.

Coup de foudre et coup de boule sont sur un bateau...

Mon cœur a raté un battement.

Puis un deuxième.

L'air n'arrivait plus dans mes poumons.

Ça y est, je mourais. D'amour. Pour ma princesse.

Je mourais avec le sourire.

Heureux.

– Bouge tes fesses, mon gros. Il faut qu'on se tire !

J'ai écarquillé les yeux.

Une princesse qui se mettait à parler comme une racaille ?

Juste après avoir embrassé son prince charmant ? Ce n'était quand même pas moi qui…

Shi-Meï m'a fait atterrir en me désignant la porte d'un geste péremptoire. La moitié de mon cerveau avait beau être partie en capilotade au cours de notre baiser, je ne pouvais que me rallier à son avis : il fallait filer d'ici. En vitesse !

Comme deux ombres, nous nous sommes coulés dans la coursive, passant près de la cabine où les ravisseurs, inconscients de ce qui se tramait, continuaient à discuter. Nous avons gravi l'escalier et nous nous sommes retrouvés sur le pont.

Du doigt j'ai montré à Shi-Meï le pilote au-dessus de nos têtes et je lui ai fait signe de me suivre jusqu'à l'arrière du bateau. Une fois en sécurité, accroupis près de la chaloupe, je lui ai désigné le canot.

– Tu peux te laisser glisser jusqu'en bas ?

En guise de réponse, elle a empoigné la corde avant de descendre avec une aisance extraordinaire. Une véritable acrobate. Je l'ai suivie en tentant sans succès de faire preuve de la même adresse.

Il faut dire, à ma décharge, qu'il n'y avait pas un seul centimètre carré de mon corps qui ne soit perclus de douleurs. J'avais l'impression d'avoir passé une semaine dans une bétonnière prise de folie et l'intuition que ce n'était pas fini.

Pas du tout fini.

Une fois dans le canot, j'ai vu que Marseille était là, juste devant nous. Vraiment très proche. Pendant que Shi-Meï s'efforçait de dénouer la corde qui nous reliait au bateau, je me suis penché sur le moteur, tâchant de comprendre comment il fonctionnait. Cela ne paraissait pas sorcier, pourtant le yacht était loin lorsque j'ai enfin réussi à le lancer.

J'ai mis le cap sur les lumières de la ville et tourné la manette des gaz. Le canot a bondi, le vent de la nuit a fouetté nos visages, j'ai commencé à me détendre. Quelques secondes. Le temps de commencer à trembler. Shi-Meï est venue s'asseoir à côté de moi.

– Mais tu es trempé !

– Ben... C'est que je me suis un peu baigné pour arriver jusqu'au bateau...

Elle a passé un bras sur mes épaules pour me réchauffer. C'était un piètre rempart contre le froid, pourtant, instantanément, une douce tiédeur m'a envahi. Une tiédeur qui est devenue brasier lorsqu'elle s'est blottie contre moi et m'a murmuré à l'oreille :

– Tu es le plus génial de tous les garçons que je connaisse. Le plus courageux. Un véritable héros. Raconte-moi !

Difficile de parler quand on a le cœur qui explose, les muscles de la mâchoire tétanisés par un sourire béat et la respiration placée sur off. Difficile mais pas impossible. J'y suis arrivé, mon exploit récompensé par les yeux écarquillés de Shi-Meï et ses commentaires enthousiastes. Un pur moment de bonheur qu'un pinceau lumineux tombant sur nous a fait voler en éclats.

– Merde ! me suis-je exclamé. Ils nous ont retrouvés !

Le yacht arrivait droit sur notre canot à une allure que nous n'avions aucune chance d'égaler. Nous étions perdus.

Non, il nous restait peut-être une chance...

Le port était là. Pas le Vieux-Port et ses voiliers, ni le port réservé aux paquebots, mais celui qu'utilisent les gros porte-conteneurs qui commercent avec l'étranger.

Plutôt que de filer droit sur les quais, j'ai viré de bord et foncé vers un de ces immenses navires. Si le yacht était rapide, il ne pouvait pas manœuvrer aussi facilement. Lorsque je me suis mis à louvoyer entre les coques géantes, il a commencé à perdre du terrain.

– Quand nous accosterons, il faudra quitter le canot à toute vitesse, ai-je crié à Shi-Meï.

Elle a désigné le quai proche qu'éclairait une série de projecteurs placés au sommet de pylônes.

Deux longues voitures noires venaient de s'y engager, roulant au ralenti. Elles se sont arrêtées et six types vêtus de costumes sombres en sont descendus.

– Crotte moisie ! s'est-elle écriée. Ce sont des hommes de mon oncle Kobalaï. On ne peut pas aborder là, va plus loin !

J'avais anticipé son ordre et fait virer le canot. Nous avons frôlé le quai désert et repris de la vitesse.

Les types en costume se sont mis à courir tandis que le yacht surgissait derrière nous.

– Il va falloir jouer serré. Tiens-toi prête !

Le bruit du bateau dans notre dos est devenu assourdissant, mais les hommes de main de Kobalaï étaient semés. J'ai coupé le moteur et tiré la barre à fond vers moi. Notre canot a percuté le quai par le travers.

– Saute ! ai-je crié.

Shi-Meï a bondi à terre. Je l'ai suivie, une fois encore sans égaler sa souplesse, et nous sommes partis en courant. Il ne nous avait fallu qu'une poignée de secondes pour quitter le canot, pourtant les types en costume étaient déjà presque sur nous.

– Par là !

Je montrais une montagne de conteneurs séparés les uns des autres par des espaces juste assez larges pour qu'on s'y faufile. Nous avons foncé, nos poursuivants sur les talons. Ils avaient l'air diablement résolus et, comme s'ils n'étaient pas assez nombreux, juste avant de m'enfoncer entre deux conteneurs, j'ai aperçu du coin de l'œil d'autres hommes sauter du yacht sur le quai. Le Chinois géant était du nombre !

Une fois entrés dans le dédale métallique, notre petite taille nous a offert l'avantage. Shi-Meï courait devant, son étonnante agilité lui permettant de se glisser dans des interstices où je peinais à la suivre. Les types à nos trousses, eux, en étaient incapables et nous les avons rapidement semés. Je savais toutefois que c'était provisoire. Ils allaient nous encercler et nous serions alors faits comme des rats.

– Arrête-toi !

Je n'avais pas parlé fort, mais Shi-Meï m'a entendu. Elle a cessé de courir pour revenir vers moi.

– Que se passe-t-il ? a-t-elle chuchoté.

J'ai tendu l'oreille. Aucun bruit de poursuite ne parvenait jusqu'à nous.

– Il faut sortir d'ici, lui ai-je annoncé.

– Tu es fou ? Nous sommes en sécurité. Ils sont trop gros pour nous suivre !

– Ils n'essaient même pas. Ils sont en train de nous encercler et lorsque ce sera fait, l'un d'entre eux montera sur les conteneurs. Il n'aura qu'à nous canarder avec ses fléchettes soporifiques, à moins qu'il ne décide d'utiliser de vraies balles…

Shi-Meï est restée silencieuse quelques secondes puis a hoché la tête.

– Tu as raison. Nous devons trouver un agent de police.

Je n'ai pu m'empêcher de sourire.

– À Marseille ? La nuit ? Sur les quais ? Autant chercher le numéro de téléphone de Superman pour lui demander un coup de main !

– Tu as une autre idée ?

– Oui, princesse. Une idée lumineuse !

Course-poursuite

Nous sommes passés.

De justesse, mais nous sommes passés.

Ce que j'avais prévu se réalisait. Les hommes de main de Kobalaï avaient encerclé le tas de conteneurs et l'un d'eux était en train de l'escalader. Leur piège était parfait et nous n'aurions eu aucune chance de nous en tirer si nous étions restés à l'intérieur.

Ils ne s'attendaient toutefois pas à ce que nous tentions une sortie. Je m'en suis aperçu à la mine ahurie d'un gros balourd en costard quand nous nous sommes glissés juste sous son nez.

S'il avait eu le réflexe de tendre le bras, il nous aurait touchés, peut-être attrapés... Il s'est contenté d'écarquiller les yeux et d'ouvrir la bouche comme un poisson qui regrette de s'être lancé dans une enquête sur les filets de pêche.

Lorsque les premiers cris ont retenti, nous étions déjà loin. Pas suffisamment pour nous trouver hors d'atteinte mais assez pour bénéficier d'une petite marge de sécurité. J'étais cependant un peu inquiet pour Shi-Meï. L'endroit que je comptais atteindre n'était pas tout près et il aurait fallu être débile pour croire que ses ravisseurs renonceraient. Nous allions devoir courir vite et longtemps. Tiendrait-elle le coup?

J'ai été vite rassuré. Shi-Meï avait une foulée de gazelle et semblait tenir une forme du tonnerre. De quoi compenser l'avantage que leurs longues jambes donnaient à ceux qui nous pourchassaient.

Nous avons slalomé entre les conteneurs et les grues, longé un entrepôt puis une série de bureaux. Je n'ai aperçu personne, à part un veilleur de nuit, trop éloigné pour que j'envisage de lui demander de l'aide. De nouveau des entrepôts, encore des conteneurs, un parking puis une grille.

Couronnée par des fils de fer barbelés.

Infranchissable.

En croisant les doigts, j'ai dévié ma course vers le portail à notre droite qui donnait sur une rue déserte. Un portail solide. Haut. Très haut.

Pourvu qu'il soit ouvert.

Pourvu qu'il soit ouvert.

Pourvu qu'il...

Fermé.

Je n'ai même pas eu le temps de pousser un seul juron.

– Fais comme moi !

Shi-Meï a bondi, attrapé le haut du portail, s'est hissée à la force des bras puis a basculé la moitié de son corps à l'extérieur. Ses doigts se sont refermés sur les mailles métalliques de l'autre côté, elle a roulé vers l'avant, son corps a décrit une courbe parfaite et elle s'est retrouvée sur ses pieds. Derrière le portail.

– Vas-y, c'est facile !

C'était surtout facile à dire. Je n'avais pas de chats ou de singes parmi mes ancêtres, moi, et je n'avais jamais suivi de cours à l'école du cirque... J'étais incapable d'un pareil exploit ! Un bruit de course s'est élevé dans mon dos.

J'ai tourné la tête.

Ils étaient presque sur moi.

Une dizaine de types aux mines patibulaires qui ne masquaient pas leur projet de me transformer en bouillie. Celui qui menait la course était le Chinois bâti comme une Volvo break que j'avais rencontré sur le sentier des Costes. Son visage était tordu par un rictus haineux et il tenait son fichu poignard à la main.

La certitude que ce fou furieux n'hésiterait pas une seconde avant de me le planter dans le ventre a eu l'effet d'un monstrueux coup de pied aux fesses. Je me suis envolé, j'ai attrapé le haut du portail, tiré sur mes bras comme si ma vie était en jeu, ce qui était sans doute le cas, et je suis passé de l'autre côté. J'ai atterri près de Shi-Meï avec la grâce d'un hippopotame obèse et nous sommes repartis en courant.

Il y avait du monde dans la rue où nous avons débouché. Pas la foule des dimanches dans la zone commerciale de Plan-de-Campagne, mais du monde quand même. Mon regard a croisé celui de Shi-Meï et j'ai secoué la tête en réponse à sa question muette. Le temps que nous arrêtions quelqu'un et que nous le convainquions, nos poursuivants seraient là. C'était trop risqué.

Comme pour appuyer mon message silencieux, le Chinois fou est apparu derrière nous. Il avait rangé son poignard sans que ça le rende sympathique pour autant et il était suivi de sa bande. Ses yeux ont balayé la rue. Il nous a repérés et a foncé droit sur nous, si effroyable que le doute n'a plus été possible. Personne de sensé n'oserait s'interposer entre lui et sa proie, même si sa proie c'était nous !

J'ai pris Shi-Meï par la main et nous avons traversé la rue sans nous préoccuper des voitures et de leurs coups de klaxon furieux. Ça a mis une belle pagaille, nous avons failli nous faire emboutir une paire de fois mais nous avons repris une belle avance sur eux.

Je connaissais bien le coin pour y avoir souvent rôdé. Nous touchions au but. Nous avons brusquement tourné à gauche dans une ruelle qui semblait être une impasse mais qui, je le savais, se prolongeait par une impressionnante volée de marches débouchant sur un boulevard familier. Il fallait tenir bon.

Tenir bon !

Grimper un escalier au pas de course est un exercice épuisant. Quand il débute après une poursuite digne d'un film d'action made in Hongkong avec, en bonus, saut de la mort à vélo, nage en pleine mer et bagarre à coups d'extincteur, l'exercice en question dépasse l'exploit humainement réalisable.

J'avais déjà compté les marches. Plusieurs fois. Il y en avait cent quatre-vingt-quatorze.

Au bout de vingt, mon cœur criait grâce, au bout de cinquante, j'étais à moitié asphyxié. Shi-Meï, dont je tenais toujours la main, m'a d'abord encouragé en me tirant vers le haut – comment se débrouillait-elle pour n'être même pas essoufflée ? – puis, voyant que je n'en pouvais vraiment plus, elle s'est arrêtée et a planté ses yeux dans les miens.

– Il faut courir, Benjamin.

Elle avait raison, bien sûr. Il fallait courir. Sauf que mes piles avaient rendu l'âme. J'étais out. Complètement et définitivement out.

– Je t'en prie, Benjamin…

Courir ? Je tenais à peine debout.

– Fais-le… pour moi.

Elle avait murmuré à mon oreille.

Ses lèvres ont frôlé ma joue…

Je me suis remis à courir.

Rond-point du 14-Juillet, boulevard du 2-Juin, avenue du 11-Novembre… J'avais l'impression de galoper depuis l'apparition de l'écriture dans le croissant fertile, trois mille ans avant Jésus-Christ – merci, M. Battisto, pour tes cours d'histoire – et ma seule joie venait de ce que les allumés qui en avaient après Shi-Meï étaient encore plus crevés que moi. Cinq cents mètres nous séparaient d'eux. Cinq cents petits mètres de rien du tout, qui suffisaient cependant pour ce que j'avais en tête.

Droite.

Gauche.

Descendre.

J'ai entendu Kader avant de le voir.

– Eh, les mecs, c'est Benjamin !

Règlement de comptes

Il m'a fallu douze secondes pour expliquer la situation à Kader.

– Les… les types… derrière… nous. Ils veulent nous… nous tuer !

Douze autres secondes pour que Kader distribue ses ordres à la dizaine de copains qui se tenaient près de lui.

– Ben a besoin d'un coup de main, les gars. On va tataner les blaireaux qui lui courent aux fesses ! Bouma, Kévin, vous vous occupez des couvercles de poubelles, Chafik et Thomas des fruits pourris qu'on gardait pour cet aprèm, Issam et Dimitri des pièces récupérées pour nos vélos. Vite !

Et enfin douze secondes pour que nos poursuivants arrivent au pied des escaliers. Ils soufflaient comme des phoques mais quand ils nous ont aperçus, Shi-Meï et moi, leurs visages se sont illuminés. C'est alors que le premier couvercle de poubelle a sifflé.

Bouma est un redoutable lanceur. Il détient le record de la bande avec un tir à soixante-douze mètres. Je le sais, c'est moi qui l'ai mesuré. Le gars en costume sombre qui courait en tête ne se trouvait, lui, qu'à douze mètres. Autant dire que lorsque le disque de métal l'a cueilli au creux de l'estomac, ça lui a fait tout drôle. J'en ai eu mal pour lui.

Les autres n'ont pas eu le temps de comprendre ce qui leur arrivait. Pris sous une pluie de projectiles aussi nombreux que variés, ils ont battu en retraite. Ils auraient peut-être renoncé complètement si les munitions n'avaient pas commencé à manquer.

– On va pas pouvoir les retenir longtemps, a pesté Kader juste avant de balancer une roue de vélo sur un type qui faisait mine de s'approcher. Tu devrais filer. On se reverra plus tard pour que tu me racontes comment tu t'es mis dans cette embrouille.

J'ai hoché la tête.

– D'accord. Euh... Kader?

Il était en train d'empoigner un vieux patin à roulettes et a tourné un visage surpris vers moi.

– T'es encore là?

– Merci, Kader. Vraiment.

Un clin d'œil. La main qui se pose sur la poitrine, à la hauteur du cœur. Une esquisse de sourire. Il a expédié le patin à roulettes de toutes ses forces.

Un ami.

J'ai entraîné Shi-Meï derrière la barre d'immeubles qui porte le doux nom de Myosotis en raison des sacs-poubelles bleus qui fleurissent partout, puis jusqu'à un parking qui devait nous permettre d'atteindre l'avenue d'Al-Jeit. Je prévoyais de la suivre jusqu'au commissariat. Là, nos soucis s'achèveraient enfin.

Manque de bol, une bande de jeunes s'était installée sur le parking, nous barrant la route. Une de ces bandes peu recommandables qui hantent les cités et que j'avais appris à éviter. Ils nous ont scannés du regard, cherchant à savoir si nous possédions quelque chose d'intéressant. Comme nous ne nous étions pas tirés des pattes de nos poursuivants pour tomber dans celles de ces requins des quartiers, j'ai saisi la main de Shi-Meï et nous sommes partis dans la direction opposée.

Nous avons longé les Pervenches puis les Jonquilles, ce qui est un nom bizarre vu que les sacs-poubelles jaunes n'existent pas, pour nous diriger vers un tunnel qui passe sous la barre des Bleuets.

– Ton copain ne va pas avoir des problèmes ? s'est inquiétée Shi-Meï.

– Kader ?

– Oui.

– Ne t'en fais pas pour lui. Kader est capable de se tirer de n'importe quelle situation. C'est un champion.

Les doigts de Shi-Meï ont serré les miens.

– Je ne connais qu'un champion. Un champion extraordinaire !

Elle n'a pas précisé à qui elle faisait allusion mais, bizarrement, je n'ai eu aucun doute. Mon cœur a badaboumé dans ma poitrine.

Fort.

Très fort.

Nous arrivions au passage souterrain qui débouche sur l'avenue d'Al-Jeit et son commissariat. Encore quelques mètres et nous serions en sécurité.

Et si je m'arrêtais ? Juste une minute. Pour la prendre dans mes bras. Comme font les vrais champions…

Shi-Meï s'est figée brutalement. J'ai d'abord cru qu'elle avait lu dans mes pensées et qu'elle me facilitait la tâche, puis il m'a fallu admettre que ce n'était pas le cas. Elle ne m'accordait aucune attention. Vraiment aucune. J'ai suivi la direction de son regard et j'ai compris pourquoi. Mes rêves romantiques se sont évanouis.

Une silhouette immense se dressait devant nous.

Un couteau à la main.

Le Chinois !

Le Chinois

La configuration des lieux nous interdisait toute possibilité de fuite. Le Chinois le savait et ne se pressait pas, comme s'il voulait savourer le plaisir de nous avoir enfin rattrapés.

– C'est moi qu'il veut, m'a soufflé Shi-Meï. Va-t'en !

M'en aller ?

– Il n'en est pas question.

– Ne sois pas stupide, Benjamin. Mon oncle a décidé de m'enlever afin de détenir un moyen de pression sur mon père. Je ne risque rien. Toi en revanche…

Mes yeux se sont posés sur le poignard de King Kong. Je comprenais trop bien ce que Shi-Meï n'osait pas formuler. Soit je m'enfuyais et je restais vivant, soit je jouais au héros et le Chinois m'égorgeait avant d'embarquer ma princesse. Un choix qui n'en était pas un, et pourtant...

J'étais incapable de me défiler.

Incapable d'abandonner Shi-Meï.

– Non.

– Benjamin ! a insisté Shi-Meï. Tu dois...

– Chut.

J'ai jeté un nouveau coup d'œil sur le Chinois. Son regard brillait d'un éclat mauvais et s'il n'était pas encore passé à l'action, c'était uniquement parce que, ignorant le français, il croyait que je me lamentais et que la terreur allait me transformer en serpillière. Il attendait ce moment avec délectation.

Tout faux.

Je n'avais plus peur.

Presque plus.

– Je ne peux pas partir, Shi-Meï.

– Mais pourquoi ? Papa paiera une rançon, ses soldats me délivreront, toi... toi...

Elle pleurait presque.

– Écoute-moi, Shi-Meï. Je ne peux pas partir parce que tu as transformé ma vie. Avant, je n'étais rien. La preuve, mon père a filé avant que je naisse et ma mère ne prend de mes nouvelles que lorsqu'il pleut des vaches. La dernière fois qu'elle m'a téléphoné, j'avais huit ans. C'est à se demander si elle se rappelle que j'existe. Je n'ai aucune importance pour elle. Ni pour personne. Aucun tuteur n'a réussi à me garder près de lui plus de deux ans. À l'école, je suis nul, je…

– C'est faux! s'est insurgée Shi-Meï. Tu es le garçon le plus génial que j'aie jamais rencontré. Tu es intelligent, courageux, gentil, fort, beau…

– Et tu voudrais que j'abandonne la seule personne au monde qui pense ça?

Tout à notre conversation, nous avions presque oublié King Kong. Lui, non. Il a fait un pas dans ma direction, son couteau pointé vers mon ventre.

Un sourire cruel s'est dessiné sur ses lèvres et il a craché une phrase dans sa langue incompréhensible.

J'ai cherché fébrilement une arme des yeux, quelque chose à brandir pour faire semblant de me défendre… Je n'ai rien trouvé. Je me suis donc contenté de serrer les poings, conscient que j'étais parfait dans le rôle de la fourmi face au char d'assaut.

Je me préparais à l'inévitable lorsque, à côté de moi, Shi-Meï s'est mise en mouvement.

– Non ! a-t-elle hurlé.

Elle a bondi. Sa jambe a fusé, si rapide qu'elle en était presque invisible, et son pied a percuté la mâchoire du Chinois. Sous l'impact, King Kong est parti en arrière. Shi-Meï a alors poussé un cri si strident que mes cheveux se sont dressés sur ma tête.

Un cri sauvage.

Un cri de guerre.

Le Chinois est resté pétrifié une seconde. Le temps que le tranchant des mains de ma princesse entre en action. Elle a porté une série de coups dévastateurs au visage de son adversaire, tapant avec une violence et une précision effroyables qui l'auraient réduit en gravats s'il n'avait pas été plus proche du rhinocéros mutant que de l'être humain.

Au lieu de s'effondrer, il s'est secoué comme s'il se réveillait d'un mauvais rêve et s'est dressé de toute sa taille. Il avait lâché son couteau en recevant son premier pain, mais il n'avait pas réellement besoin d'une arme pour nous régler notre compte. Il a tendu ses énormes mains d'égorgeur vers le cou de Shi-Meï.

La transformation de ma princesse en championne d'arts martiaux et l'affrontement qui avait suivi m'avaient tétanisé. S'il avait voulu me tuer, le Chinois n'aurait rencontré aucune difficulté, mais il ne m'accordait aucune attention, il ne voyait que Shi-Meï. Je me suis envoyé une claque mentale.

« Benjamin, mon vieux, si tu dois agir, c'est le moment ! »

J'étais dans le dos du Chinois.

J'ai shooté.

De toutes mes forces.

Comme si je tirais le penalty de la mort !

Mon pied est passé entre deux cuisses aussi musclées que celles d'un bœuf et s'est écrasé sur la seule partie sensible de King Kong…

… qui s'est plié en deux avec un rugissement de douleur.

Shi-Meï a alors poussé un deuxième cri de guerre. Elle a attrapé le Chinois par les oreilles et lui a balancé ses deux genoux en pleine poire.

Explosion atomique !

King Kong a été projeté en arrière comme s'il avait essayé d'embrasser un TGV lancé à pleine vitesse. Son crâne a embouti le mur en béton.

Bruit épouvantable.

Il est soudain devenu tout mou et a glissé au sol pour s'y étaler et ne plus bouger.

Le silence est revenu dans le passage souterrain.

Pétrifié d'admiration, j'ai contemplé notre ennemi réduit à l'état de flan à la vanille avant de me tourner vers Shi-Meï.

– Tu... tu fais du kung-fu?

Elle haletait un peu et son visage avait pris une jolie couleur rosée.

– Du karaté.

– Depuis quand?

– Ben... depuis que je sais marcher. Peut-être un peu avant.

– Mais alors... Pourquoi tu n'as pas... avant... Je veux dire, pourquoi tu n'es pas...

Incapable de trouver mes mots, j'ai désigné le corps du Chinois inconscient. Shi-Meï m'a adressé un sourire penaud.

– J'ai passé ma ceinture noire il y a deux ans, mais jusqu'à aujourd'hui je ne m'étais jamais battue. J'ignorais si je pouvais être efficace...

Waouh, cette fille était un phénomène!

– Efficace? Le mot est faible. Je dirais plutôt que tu es fichtrement dangereuse. Et ce n'est pas King Kong qui prétendra le contraire!

– Tu as également mis la main à la pâte.

Je n'ai pas pu m'empêcher de rigoler.

– C'était plutôt le pied et pas vraiment à la patte...

Elle a éclaté de rire.

Des pas ont soudain résonné dans le passage souterrain mais nous n'avons pas eu le temps de nous inquiéter. Trois policiers, alertés par les cris de Shi-Meï, arrivaient en renfort.

Nous étions sauvés.

Hip, hip, hip...

– Vas-y, Benjamin !!!

Le hurlement de Shi-Meï a agi sur moi comme un électrochoc. Oubliant l'épuisement, mes cuisses douloureuses, mon souffle court, mes mollets raidis par l'effort, j'ai tourné la tête.

Elle était là !

Debout, les bras levés pour m'encourager, une flamme dans les yeux.

– Vas-y, Benjamin !

Nos regards se sont croisés, une formidable énergie s'est répandue dans mon corps et je me suis redressé sur ma selle.

– Vas-y, Benjamin !

J'ai appuyé sur mes pédales avec hargne. Shi-Meï me regardait, je ne pouvais plus abandonner, je ne pouvais même plus perdre.

Le type qui m'avait doublé un peu plus tôt, avec le coup d'œil condescendant réservé aux perdants, a fait une drôle de tête quand je suis revenu à sa hauteur. Il avait beau avoir mon âge, il me dépassait de deux têtes et pesait quinze kilos de plus que moi. Pas des kilos de graisse, je vous assure. Des kilos de muscles. Du muscle de coureur de colline, de futur champion...

C'était le seul que je n'avais pas réussi à semer et, de toute évidence, il était plus fort que moi. Nous avons roulé un moment côte à côte puis la piste s'est mise à monter et le type a planté une accélération.

Shi-Meï était loin. La magie qu'elle avait fait naître pour moi s'est estompée. J'ai perdu un mètre, puis deux, trois. Mon cœur frappait dans ma poitrine comme s'il voulait jaillir à l'extérieur de mon corps. Cinq mètres. Dix.

– Vas-y, Benjamin !

Deux cris. Deux voix féminines.

Luce et Nathalie se tenaient au sommet du raidillon.

– Vas-y, Benjamin !

Un sang neuf s'est mis à couler dans mes veines. Je ne pouvais pas les décevoir. Pas Luce la magicienne. Pas Nathalie venue de Marseille exprès pour assister à la course. J'ai réussi à dompter ma respiration et j'ai lentement grignoté mon retard. Lorsque j'ai atteint le sommet, j'étais dans la roue de mon adversaire.

Dans la descente, j'ai pris la tête. Il avait beau avoir à son actif un impressionnant palmarès, il n'était pas de taille à lutter contre le cycliste volant, le pingouin devenu aigle, l'enjambeur de falaise, le... Mon euphorie a poussé un bref couinement d'agonie. La descente s'était achevée et je n'avais plus de jus.

Plus du tout.

J'ai perdu le terrain que j'avais si durement conquis, l'écart a continué à se creuser. Toujours plus.

– Vas-y, Benjamin !!!

Marc courait au bord de la piste, Eliott juché sur ses épaules.

– Vas-y, Benjamin !

Mon adversaire a cessé de s'éloigner. Nous sommes restés un moment ainsi, lui tentant de me distancer, moi soutenu par les encouragements de Marc et d'Eliott, puis j'ai recommencé à me rapprocher. Mètre après mètre. Lentement. Au prix d'une souffrance que j'aurais jugée insoutenable six mois plus tôt.

Pourtant, cela ne suffisait pas.

Cela ne suffirait pas.

La ligne d'arrivée était proche, mon adversaire résolu à la franchir le premier. Il a puisé dans ses dernières réserves et a accéléré. Comme un fait exprès, Marc a cessé de courir à cet instant précis, et je me suis retrouvé seul avec ma fatigue.

Ma douleur.

Mon épuisement.

Des larmes de rage et de déception ont coulé sur mes joues. J'aurais tant aimé gagner. Pour Luce, pour Marc, pour Eliott, pour Nathalie... Pour Shi-Meï. Pour leur offrir cette victoire, leur dire que je les aimais. J'en étais incapable. Je pédalais comme un automate déglingué. Un pauvre type. Plus que deux cents mètres...

– Vas-y, Benjamin !

Ce n'était plus un cri, mais le hurlement d'une foule en délire. J'ai plissé les yeux pour percer le brouillard de mes larmes et je les ai vus. Valentin, Kader, Noémie, Bouma, Anthony, Kévin, Romain et, au milieu de mes copains, trépignant d'excitation...

Shi-Meï !

J'ai à peine eu le temps de me demander comment elle pouvait se trouver là alors que dix minutes plus tôt, elle... plus rien au monde n'a existé que ma volonté de vaincre.

J'ai écrasé mes pédales, tiré comme un forcené sur mon guidon, accéléré.

Encore.

Et encore.

Mon adversaire était certain de l'emporter. Je l'ai doublé à dix mètres de la ligne d'arrivée, le laissant sur place, sans la moindre chance de réagir.

Une clameur s'est élevée.

J'avais gagné.

La horde de mes amis s'est refermée sur moi, des mains m'ont arraché à mon vélo, soutenu pour que je ne m'écroule pas. On m'a félicité, pressé, embrassé, congratulé, étreint. Je nageais dans un brouillard de plus en plus épais. Quelques phrases ont toutefois percé la ouate qui feutrait mes sens.

– Remarquable victoire, je te complimente.

Valentin, malgré son évidente émotion, était incapable de parler normalement.

– T'es trop ouf sur un lové, parole de moi !

Comment diable Kader avait-il fait pour venir jusqu'ici ?

Mes deux amis se sont regardés, ont souri. Si différents et pourtant si semblables... Kader a ouvert la bouche mais je n'ai pas entendu ce qu'il disait, la grosse voix de Bouma a couvert la sienne.

– Poussez-vous, bande de nazes ! Faites de la place à la princesse ou sinon je vous tatane le groin !

Le chevalier Bouma !

Je pouvais mourir, j'avais tout vu, tout entendu. Puis mes copains se sont écartés et je n'ai plus eu envie de mourir. Même pour rire.

J'ai tendu le bras.

Nos mains se sont touchées.

Nos doigts entrelacés.

J'ai plongé dans ses yeux. Elle dans mon cœur.

Pour toujours.

Shi-Meï.

... hourra !

Après notre aventure marseillaise, tout était allé très vite.

La police avait ramassé le Chinois et quelques-uns de ses comparses laissés sur le carreau par les jeunes du parking de la pièce détachée. La mère de Shi-Meï était arrivée au commissariat en même temps que Luce et Marc. Les retrouvailles avaient été intenses, bruyantes, animées et...

... très courtes.

Ma princesse était repartie dans une somptueuse limousine, sous la surveillance de trois gardes du corps.

J'avais regagné la maison, heureux, soulagé mais amputé d'une partie de mon cœur. Je n'avais pas envie de quitter Shi-Meï.

Pas envie.

Pas envie.

Et pourtant…

Une fois installés au salon, Eliott blotti contre moi, j'avais raconté nos péripéties en long et en large, hésitant juste un peu lorsqu'il avait fallu avouer à Marc que le VTT qu'il m'avait offert reposait par dix mètres de fond, quelque part en mer. Loin de se fâcher, il m'avait retourné un regard admiratif qui m'avait fait oublier ma tristesse. Une seconde.

Nous avions fêté mon épopée en commandant deux pizzas aux anchois et puis la vie avait repris.

Normale.

Sauf que je n'avais plus de vélo.

Et plus de princesse.

Rien n'échappe à Luce. Le lendemain, en sortant de l'école, elle m'avait proposé une promenade à pied et nous nous étions engagés sur le sentier des Costes. Surprise ! Un impressionnant grillage d'acier ceignait désormais la demeure du roi de Pataman, interdisant à quiconque de s'approcher. Shi-Meï était restée invisible.

J'étais redescendu des collines, le moral au fond des chaussettes. Dans les livres, les histoires d'amour ne s'achèvent jamais ainsi. La princesse épouse son champion, ils ont des enfants et vivent heureux pendant des milliards d'années.

Dans les livres...

Seule diversion à mon chagrin, la compétition à laquelle je m'étais inscrit était enfin là. Marc m'avait déniché un VTT de remplacement et j'avais l'intention de gagner ma course comme il avait gagné la sienne la veille. Je savais que j'en étais capable et je voulais le prouver au monde entier.

C'était sans compter avec ce type qui pédalait comme Kader flanque des coups de boule.

Un professionnel.

Il m'aurait écrasé si Shi-Meï n'était pas magiquement apparue, me transformant en mutant de l'espace intergalactique saturé d'énergie biocosmique et, par la même occasion, m'offrant la victoire.

Je suis monté sur le podium sous les acclamations frénétiques de mes copains. Kader avait passé son bras sur les épaules de Valentin et c'était à celui des deux qui hurlerait le plus fort. Méconnaissables !

En redescendant, j'ai enfin compris comment mes copains de Marseille s'étaient débrouillés pour être là.

Nathalie.

Elle leur avait donné rendez-vous devant l'école et avait rempli sa voiture. Une sacrée bonne idée. Ceux du village étaient venus avec leurs parents, en se gardant bien de me prévenir pour que la surprise soit totale.

Gagné !

Les uns et les autres ne pouvaient toutefois pas s'attarder. Ils m'ont félicité une dernière fois, Kader m'a embrassé, on s'est juré de se revoir, même si on savait tous les deux que ce ne serait pas facile, et je me suis retrouvé seul.

Seul ?

Luce était là, bien sûr, avec Marc et Eliott, mais... Shi-Meï avait disparu.

Je l'ai d'abord cherchée des yeux avant de m'affoler lorsque le doute n'a plus été possible. J'ai poussé un affreux juron. Elle n'avait pas pu partir.

Pas comme ça.

Pas sans me dire au revoir !

– Les gens qui se trouvaient avec elle semblaient inquiets et pressés, m'a annoncé Marc en posant une main compréhensive sur mon épaule. Je suis désolé.

– Pourquoi est-elle venue, alors ?

Je me sentais vide. Épuisé. La moitié des tripes arrachées, et les trois quarts du cœur. Marc a haussé les épaules avec une grimace fataliste.

– C'est déjà bien qu'elle ait obtenu le droit de venir, non? Elle n'a pas dû réussir à convaincre sa mère de rester davantage.

Une bouffée de colère m'est montée à la gorge.

– Sa mère! Une sacrée sorcière celle-là! Est-ce que tu te rends compte que l'autre jour, elle ne m'a pas dit un mot ni jeté un regard. J'ai quand même sauvé la vie de sa fille, non?

Sans que je m'en aperçoive, ma colère avait laissé la place à une envie de pleurer que j'ai contenue à grand-peine. C'était injuste. Vraiment injuste. Luce a tenté de faire diversion.

– Tu devrais prendre une douche et passer des vêtements propres, Benjamin, ça te ferait du bien.

La diversion a été efficace.

– Pourquoi veux-tu que je me lave ici? Il n'y a qu'un vestiaire minable et de l'eau froide!

– Parce que tu pues, très cher, m'a rétorqué Luce sans sourciller, et que je n'ai pas envie de faire vingt kilomètres dans la même voiture qu'un chacal.

De surprise, je suis resté sans voix. Luce ne m'avait jamais parlé ainsi. Jamais. Elle aurait dû au contraire se montrer sensible à ma détresse, me réconforter. Rien ne se passait comme il fallait… J'ai ouvert la bouche pour protester, Luce ne m'en a pas laissé le temps. Elle m'a achevé.

– À la douche, le chacal ! Tu sens vraiment mauvais.

J'ai saisi le sac qu'elle me tendait et je me suis dirigé vers le vestiaire, affreusement vexé.

Le retour a été un peu… spécial.

Rencogné à l'arrière de la voiture, je boudais, j'étais triste, je me morfondais tandis que Luce et Marc plaisantaient comme si de rien n'était tandis qu'Eliott feuilletait une bande dessinée. Aurais-je été invisible, ils n'auraient pas agi autrement. J'étais sur le point de succomber à un accès de frustration intense lorsque nous sommes arrivés devant la maison. Marc n'a pas ralenti.

S'il croyait que j'allais lui poser des questions, il pouvait toujours se mettre le doigt dans l'œil. Jusqu'au coude. Je m'en fichais, je m'en contrefichais, je m'en…

Marc a tourné à gauche, empruntant la petite route qui grimpe vers le massif des Costes. J'ai commencé à m'intéresser à notre destination, mais il était toujours hors de question que je demande quoi que ce soit.

Nous avons passé deux intersections qui auraient pu nous faire redescendre vers la mer, Marc a poursuivi tout droit. Je connaissais bien le coin, j'y avais usé quelques pneus et patins de frein. J'ai retenu ma respiration puis j'ai craqué.

– Où est-ce que…

Luce s'est tournée vers moi avec un grand sourire.

– Tu comprends pourquoi il fallait que tu prennes une douche et que tu te changes ?

Si je comprenais ?

Marc venait d'engager la voiture sur une allée bordée de platanes majestueux filant droit vers une belle bastide bâtie en L autour d'une immense piscine.

Devant la maison se tenaient une foule de personnes vêtues comme pour une cérémonie tandis qu'au-dessus de leurs têtes flottait une banderole aux couleurs de Pataman.

« Merci, Benjamin ! »

C'est ce qui était écrit sur la banderole, ce que j'ai lu avant d'apercevoir Shi-Meï et que le reste du monde cesse d'exister.

Final

Trois jours.

Il avait fallu trois jours au roi de Pataman pour se libérer de ses obligations, prendre un avion et gagner le domaine des Costes. C'était peu pour un roi et beaucoup pour un père. Saniru était les deux. À parts égales.

C'est d'abord en tant que roi qu'il m'a remercié.

Une cérémonie hyper officielle durant laquelle il a prononcé une allocution vibrante pour célébrer mon courage sans faille, mon abnégation et mon sens du devoir.

Moi qui déteste les discours, j'ai trouvé celui-ci particulièrement génial, bien que je n'aie pas compris tous les mots qu'il a employés.

Bon, pour être honnête, je dois avouer aussi que j'étais sacrément intimidé. Ces hommes en costume qui me contemplaient comme une sorte de héros légendaire me donnaient l'impression d'halluciner, et j'avais l'estomac aussi noué que la Canebière aux heures de pointe.

Shi-Meï, vêtue d'une robe longue qui la faisait ressembler à une princesse de conte de fées, se tenait près de sa mère que je ne me serais plus risqué à traiter de sorcière tant elle était éblouissante. Moins que sa fille, quand même...

Le roi a achevé son discours en me passant une médaille autour du cou. Une médaille si lourde qu'elle ne pouvait être qu'en or. Luce a applaudi avec force et toute l'assemblée l'a imitée. J'étais écarlate.

Nous nous sommes ensuite installés à table. J'étais assis à gauche du roi, face à Shi-Meï, et j'ai pris bien soin d'imiter chacun de ses gestes. Sans elle, je me serais perdu dans la multitude de couverts, verres et assiettes placés devant moi.

Ce que nous avons mangé était délicieux même si j'étais incapable de mettre un nom sur la plupart des aliments et même si mon estomac noué, toujours lui, m'a empêché de vraiment me régaler.

Eliott n'avait pas ce problème. Installé entre Luce et Marc, il a mangé à s'en faire exploser le ventre sans se préoccuper des règles de convenance. Les Patamanites présents n'ont pas paru s'en offusquer, ce qui était une bonne chose. Mettre des relations internationales en péril à cause d'un petit goret, aussi sympathique soit-il, aurait été dommage.

Après le repas, nous avons gagné un salon confortable à l'écart du monde et Saniru est redevenu papa. Il m'a de nouveau remercié mais avec des mots différents. Des mots simples, faciles à comprendre.

Des mots qui m'ont touché bien plus profondément que son discours officiel. J'ai balbutié une phrase stupide pour dire que c'était normal et tout et tout, puis Saniru s'est tourné vers Luce et Marc. Le ciel nous est alors tombé sur la tête.

– Ce garçon est exceptionnel, a déclaré le roi. Il a sauvé ma fille chérie et a, en outre, permis que la fourberie de mon frère Kobalaï soit exposée au grand jour. Grâce à lui, la situation à Pataman est redevenue normale. Je sais que Benjamin n'est pas votre fils, Shi-Meï m'a raconté son histoire et les problèmes auxquels il a dû faire face depuis son plus jeune âge…

Quel était le rapport entre ma vie privée et Pataman ? Où diable voulait-il en venir ? Saniru a poursuivi sans tenir compte de mon étonnement.

– Je n'irai pas par quatre chemins. J'aimerais que Benjamin vienne s'installer avec nous à Pataman. Je le considérerai comme mon propre fils et je veillerai à ce qu'il reçoive la meilleure éducation. Qu'en dites-vous ?

Silence.

Stupéfaction générale.

Nous avons échangé des regards abasourdis et Saniru a souri, heureux de son petit effet. Apparemment, il n'avait parlé à personne de son projet. Luce a pris une profonde inspiration.

– Je... Je... C'est une proposition très généreuse. Mais je... je crois que c'est à Benjamin de... Nous ne pouvons pas parler à sa place.

Évidemment, tous les yeux ont pivoté vers moi. C'est fou comme des yeux sont capables de transmettre une multitude d'émotions différentes.

Ceux de Luce, à l'image de sa voix, une inquiétude chargée de chagrin.

Ceux de Marc, de la colère avec une pointe d'admiration.

Ceux d'Eliott, l'incompréhension la plus totale.

Ceux de Shi-Meï, une joie éclatante et émerveillée.

Ceux de sa mère, une tranquille assurance.

Si j'avais eu un miroir, je sais ce que j'aurais lu dans les miens.

Une tempête.

Une tempête de sentiments et d'envies contradictoires qui m'ont donné tout à coup l'impression que mon crâne, mon cœur et le reste allaient exploser.

– Alors ? m'a demandé Saniru.

Les yeux de Shi-Meï. Ceux de Luce.

Bon sang, c'était terrifiant.

Je ne pouvais pas… J'étais incapable de… Je me déchirais.

Puis, alors que je me préparais à partir en courant, la tempête s'est calmée, les vagues se sont étalées, laissant émerger une certitude. Toute simple.

Et si douloureuse.

J'ai contemplé ma princesse et c'est en me noyant dans sa magie que j'ai répondu.

– Votre proposition est géniale, mais je ne peux pas accepter. J'ai besoin de Luce, de Marc, d'Eliott, et je crois… je crois qu'ils ont besoin de moi aussi. Je reste ici.

Final bis (celui de la vraie fin)

Si vous le racontez à quelqu'un, ça va être votre fête…

… j'ai pleuré toute la nuit.

J'ai pleuré et j'ai découvert quelque chose d'étrange. On peut être certain d'avoir fait le bon choix alors que ce choix vous réduit en miettes.

Je ne regrettais pas ma décision, rester avec Luce et Marc était ce que je voulais vraiment, ce que je désirais tout au fond de moi, mais quitter Shi-Meï était intolérable, comme l'idée que nous ne nous reverrions jamais.

Elle devait repartir avec ses parents le jour même, Pataman était à des milliers de kilomètres et je savais qu'elle finirait par m'oublier. Cette pensée me taraudait, me volait mes forces, me transformait en flaque de désespoir.

J'avais mal.

Si mal.

Mes céréales du matin sont restées dans mon bol, le sourire que m'a adressé Luce a rebondi sur mon chagrin et je suis parti à l'école avec du vide dans la tête et dans les jambes.

Eliott a tenté de me distraire durant le trajet, puis, dans la cour, les copains ont pris la relève.

Sans effet.

En classe, je me suis installé à mon bureau, j'ai sorti ma trousse et, pendant que Mme Papoloni attaquait sa leçon, je me suis évadé dans mon passé. Puisque c'était la seule chose qui me restait.

Shi-Meï...

– ... sera des nôtres au moins jusqu'à la fin de l'année.

J'ai remis un pied dans le réel, alerté par un remue-ménage inhabituel. Autour de moi, les élèves étaient tout excités, Valentin me jetait de drôles de coups d'œil, Noémie gloussait… De quoi Mme Papoloni parlait-elle ?

La réponse a pris la forme inattendue d'une porte qui s'ouvrait.

La porte de la classe.

La porte de mon cœur.

Shi-Meï est entrée.

Nos regards se sont croisés dans un échange aussi fulgurant que silencieux et parfait, et j'ai tout compris. Puisque je refusais d'aller à Pataman, Shi-Meï avait décidé qu'elle ne partirait pas. Elle avait convaincu son père de l'utilité de poursuivre des études en France, sa mère, française d'origine, ayant la nostalgie de son pays natal, l'avait appuyée, Saniru avait cédé.

Shi-Meï avait agi ainsi pour moi.

Pour nous.

Je me suis dit que ce serait dommage de mourir maintenant et je me suis remis à respirer. Ça m'a permis de glisser un mot à Valentin, assis à mes côtés. Il a saisi du premier coup et s'est levé.

– Je lui laisse mon bureau, a-t-il expliqué à Mme Papoloni. Ce sera mieux pour elle.

Shi-Meï l'a remercié d'un signe de tête et s'est installée à sa place.

Près de moi.

C'était le moment. J'ai pris une inspiration et, alors que la vie reprenait son cours, je lui ai murmuré mon secret à l'oreille. Elle l'a écouté attentivement puis a planté ses yeux dans les miens. Son sourire dans mon âme.

Elle m'a répondu dans un souffle :

– Moi aussi.

TABLE DES MATIÈRES

L'AUTEUR

Pierre Bottero est né en 1964. Il vit près de Salon-de-Provence, et pendant longtemps il a été instituteur.
Passionné de VTT, de course à pied et de promenades dans les collines provençales, ce grand amateur de fantastique a déjà publié plusieurs romans pour la jeunesse. Il partage désormais son temps entre sa famille, l'écriture et les rencontres avec ses lecteurs.

L'ILLUSTRATRICE

Double maman depuis cinq et deux ans, **Marie-Pierre Oddoux** dessine pour les enfants. À l'ordinateur, à l'encre ou à l'huile, tout l'amuse quand il s'agit d'illustrer des histoires. Qu'elle ait cinq ou trente et un printemps, jouer avec ses personnages est son activité préférée et c'est pour cela qu'elle en a fait son métier.

Achevé d'imprimer en France en mars 2008
sur les presses de l'imprimerie Hérissey à Évreux (Eure)
Dépôt légal : avril 2008
N° d'édition : 4712 - 03
N° d'impression : 107889